DE LA MÊME AUTRICE

BIANCA, *roman*, Éditions Julliard, 2016. « Pocket » n° 16180.

HOPE, *roman*, Éditions Julliard, 2017. « Pocket » n° 17107.

SUJET INCONNU, *roman*, Éditions Julliard, 2018. « Pocket » n° 17551.

JE L'AIME, *roman*, Éditions Julliard, 2019. « Pocket » n° 17923.

ZONE GRISE, *récit*, Éditions Flammarion, 2020.

DÉSHUMAINE

LOULOU ROBERT

DÉSHUMAINE

roman

GALLIMARD

À Penny et Erwan,

Je suis assise sur une chaise de jardin en bois dans ma cuisine, face à la fenêtre. Le soleil brille. Je coupe des courgettes en deux dans le sens de la longueur, puis en tronçons de six centimètres. Il faudrait que je mette un coussin sous mes fesses. Ma chienne Penny dort sous la table. Elle a la tête posée sur mon pied. Je ne bouge pas pour éviter de la réveiller. J'ai chaud, mais ce n'est pas une chaleur agréable. Des gouttes de sueur tombent sur la planche à découper. Je pense au moment où je vais me relever et à ma peau qui va rester collée à la chaise, aux marques que ses lattes en bois vont laisser sur mes fesses. Le coussin est dans le coffre du salon. Mon mari écrit dans le salon. Je sens la fumée de sa cigarette, j'entends ses doigts taper sur les touches du clavier. J'imagine les cendres tomber, salir son bureau. J'attaque ma deuxième courgette. C'est une courgette verte de calibre moyen. Je la coupe en deux, elle libère de l'eau. Je crois qu'il s'agit de mes larmes. Quand je suis montée dans la voiture pleine de cartons de vêtements il y a un an, que j'ai quitté Paris, quand mon mari m'a promis que j'aurais un chien, que j'allais me remettre à écrire et que tout irait bien.

Aujourd'hui, je l'écoute écrire en coupant des courgettes. Ce n'était pas l'idée.

Un moineau picore les miettes du pain aux graines que j'ai déposées ce matin sur le bord de la fenêtre. Troisième courgette. Ces courgettes sont belles, elles viennent du marché de producteurs locaux. Il a lieu le mercredi et le samedi sur la place des Halles. Je prévois les repas de la semaine. J'ai une liste. Ici, les gens ont des listes. Ici, les gens sont gentils. Je ne suis plus écrivaine mais j'achète beaucoup de légumes, je cours sur les bords de Loire avec ma chienne et je vais à la salle de sport quatre fois par semaine. BodyCombat, BodyAttack, BodyJam, BodyPump. Mon mari me dit que ce n'est pas du vrai sport. Je m'en fous. Je me défoule et j'ai les bras musclés. J'ai coupé mes cheveux pour marquer le changement. Le début d'une nouvelle vie, d'un nouveau moi. Pour me remettre à écrire. Il faut croire que l'écriture et les cheveux n'ont rien à voir. Quand ce n'est pas jour de marché, je vais aux halles. Certains commerçants m'appellent par mon prénom et c'est agréable.

Un tronçon de courgette tombe sur la tête de Penny. Pardon bébé. Elle soupire et se rendort. J'aime sentir son souffle sur ma peau. Certains soirs, je pense au jour où je vais la perdre et je prends un Lexomil pour me calmer.

Accélération sur les touches du clavier. Je me souviens de ces moments où les mots prenaient toute la place. Le livre de mon mari parle d'un écrivain fauché dans un monde chaotique. Je me demande si tous les écrivains parlent d'eux-mêmes. Moi, c'est comme ça que j'écrivais. Le but était de troubler. Moi, mais pas vraiment. Moi, mais quelqu'un d'autre. Moi ou une autre version de moi-même. Après tout, personne ne pouvait vérifier. Personne ne sait ce qu'il se passe là-haut. Tout le monde me posait la question. Et tout le monde se foutait de la réponse. Je les comprends, on a nos vies, nos quêtes, nos solitudes, nos maris et tout le reste. Comme disait ma mère, chacun sa merde. Elle disait tout le temps ça. Je détestais. Mais elle avait raison. Écrire, c'est faire du beau avec sa merde ou celle des autres. On dit celle des autres mais en réalité c'est toujours un peu la sienne. Écrire, c'est sublimer. Ne plus écrire, c'est tout garder. Couper des légumes aide à évacuer.

Mon mari, les gens du marché l'appellent l'Écrivain. Il a les cheveux longs, une barbe grisonnante, des bagues aux doigts, il achète *L'Équipe* et lit à la terrasse des bistrots. Il boit son café au lait, ne me répond pas toujours quand je lui pose des questions. Même dans ses silences, je sens qu'il m'aime. Les gens doivent penser qu'il vend beaucoup de livres parce que je suis jeune et qu'il est presque vieux. Et qu'avec une telle différence d'âge il ne peut être question que d'argent. L'autre jour, le serveur du restaurant a dit Et votre père ? Mon mari était blessé. Moi aussi, un peu.

Cinquième courgette, jaune et fine. Un philosophe parle de Machiavel et de son *Prince* à la radio. En bas de mon immeuble, une femme demande à une autre femme le nom d'un restaurant. Les oiseaux aussi parlent, j'ai l'impression de les comprendre. Ma voisine du dessous regarde une série policière où des acteurs discutent de l'arme du crime. Et dans ma tête, toutes ces voix qui me jugent. On me dit que je gâche ma vie, que je devrais retourner vivre à Paris. On me dit qu'il faut gagner de l'argent. On me dit qu'il faut m'investir dans une cause, faire quelque chose de tout ce temps. On me dit qu'il faut que j'arrête d'en perdre. On me dit de garder espoir, que l'inspiration va revenir. On me dit que c'est une question de volonté. Je sais que c'est faux. Il y a autre chose. La même chose qui fait que je ne vois rien à l'intérieur. Quand je pense, en réalité, je ne pense pas. Je ne sais plus si c'est dans ma tête ou à la radio. Dans ma tête ou en bas de l'immeuble. Dans ma tête ou dans celle des autres. Dans ma tête ou dans la télé de ma voisine.

Mon mari tousse, j'aimerais qu'il arrête de fumer. Je me demande ce que sentirait sa peau sans la cigarette. Il ne tape plus sur les touches. Je veux qu'il arrête d'écrire pour toujours. J'attrape une tête d'ail. Je libère les gousses de leur peau. Et je hache.

Le moineau s'envole, Penny s'étire et quitte la cuisine. Je suis seule et mes doigts sentent l'ail. Il faudra les frotter avec un objet en inox pour faire disparaître l'odeur. Il faudra ajouter dans le plat de courgettes de l'huile d'olive, du sel, du poivre et des flocons de piment, presser un citron jaune, en prélever les zestes, mélanger et mettre dans un four préchauffé à cent quatre-vingts degrés. Il faudra ensuite faire une lessive avec les serviettes de bain. Une fois le programme coton trente degrés terminé, étendre le linge dans la chambre, face à la fenêtre. Il faudra enfiler mes baskets, aller courir avec Penny pour ne plus entendre la télé de ma voisine, ni le livre de mon mari se construire sans moi. Il faudra me doucher, m'essuyer et mettre de la crème car ma peau est sèche. Penny léchera les gouttes sur mes mollets. Et je savourerai ce moment d'amour et de propreté. Loin de l'écriture, dans la salle de bains. Loin de mes rêves, avec un mari, un chien, dans une ville à une heure de TGV de Paris.

J'écrivais dans l'urgence. L'écriture : mon air, ma vie. Faut croire que je n'ai pas besoin d'air. Faut croire qu'on peut vivre tout en étant morte. Il n'y a plus d'urgence. Et ça me va d'être morte. Il vaut mieux être morte pour me supporter. Un moineau a une espérance de vie de trois ans. Il faudra devenir un moineau et tout ira bien, oui tout ira bien.

Tout va bien, mon amour ? La main de mari sur mon épaule. L'émission de radio est terminée, une nouvelle commence. L'ail est haché finement sur la planche en bois. Je réponds Oui, et toi ? Là, il marque un temps. Pas assez long pour que j'attrape un citron. Il m'annonce qu'il vient de terminer l'écriture de son dixième roman. Je n'ai pas encore fini la préparation de mes courgettes. Je dis Bravo mon amour et j'embrasse sa main. Je ne me retourne pas. Je pense qu'il comprend que mes yeux ne parleront pas d'amour, alors il n'insiste pas, m'embrasse la nuque, verse du café dans sa tasse et retourne à son bureau. Penny s'ébroue et revient s'allonger sur mon pied. J'ai oublié une courgette, je la coupe en deux dans le sens de la longueur puis en tronçons de six centimètres. Dehors, le soleil brille plus fort. Un autre moineau vient se poser sur le rebord de la fenêtre, je souris.

— C'est un sujet, ton mari. Tu devrais y penser.

— Je ne veux pas écrire sur mon mari.

— Sur ta mère alors, la mère, c'est toujours un sujet.

— J'ai déjà écrit sur ma mère. Tout le monde écrit sur sa mère.

— Pas faux. Je pense que sur ton mari ce serait plus fort, moins prévisible. Parle de la différence d'âge. De ce que tu ressens.

— C'est personnel.

— Tu te moques de moi ? Tout ce que tu écris est personnel.

— Justement, je n'écris plus.

— Sérieusement, t'en es où de ce roman ?

— Nulle part, et encore, nulle part est un endroit où j'aimerais être.

Je suis à deux cent trente-six kilomètres du bureau de Marc, mon éditeur, de son fauteuil en cuir Eames, de son joli foulard en soie, assise sur un banc à l'entrée de l'île Simon. Je viens de courir onze kilomètres avec Penny, soit huit tours de l'île, soit huit minutes par tour. Runkeeper m'a félicitée pour ma performance du jour. Penny me fixe, s'ennuie. Elle m'implore de raccrocher. Elle veut la balle.

— Viens nous voir quand tu seras à Paris, je t'emmènerai déjeuner.

Encore un déjeuner. Une coupe de champagne rosé accompagnée de quelques gougères au fromage. Il commandera le foie gras puis la pièce de bœuf. Il ne prendra pas de dessert mais un café. Il me posera des questions sur ma vie en province. Je lui mentirai. Il se satisfera de mes réponses. Il me dira que le plus important est d'écrire, que tout le reste n'a pas d'importance. Il me dira ces mots vêtu d'un pull en cachemire. Il me dira que j'ai eu raison de quitter Paris, que s'il le pouvait il n'hésiterait pas. La vie en province est plus douce, il me l'assure. Il me dira que ce choix est lucide. Qu'il le trouve très courageux. Que je vais faire des économies. Que personne de nos jours ne vit uniquement de l'écriture. Que je dois trouver un travail alimentaire. Il me dira que c'est comme habiter en banlieue mais en mieux, qu'une heure de train c'est plus confortable qu'une heure de métro et beaucoup moins dangereux. Même s'il sait que je me fous du danger. C'est d'ailleurs ce qu'il aime dans mon écriture. Il comprendra ma difficulté à abandonner mes rêves d'adolescente mais me promettra que bientôt j'en sortirai grandie. Il m'accueillera dans le monde des grandes personnes, celui des renoncements. Il me dira que c'est une belle occasion, que je vais faire des rencontres, me livrer à de nouvelles activités. Il m'affirmera qu'on a toujours plus de temps en province. Il me dira d'observer le monde, de l'absorber. Que tout est matière à écrire. Il me dira de ne pas m'inquiéter, que bientôt l'inspiration reviendra. Pour finir, il me reparlera du planning de la prochaine rentrée littéraire. Si je lui envoie vite quelque chose, je pourrai en être.

— Je te dirai, promis. À bientôt, Marc.

Je mords l'intérieur de ma bouche. J'ai un léger goût de sang, pas désagréable. Tiens bébé, va chercher. La balle en plastique rose rebondit contre un arbre et tombe dans la Loire. Pardon, bébé. Sur le chemin du retour, j'ouvre Instagram. Le nom d'un homme de mon âge vient d'apparaître dans la liste d'un prix littéraire. Je rentre dans une petite dame, elle râle, je m'excuse, ça me donne envie de pleurer. La fille d'une campagne de parfum vient d'emménager dans son nouvel appartement. Elle a des fleurs dans des vases anciens posés sur le sol de son salon, vieux parquet en chêne et meubles chinés. J'aime les fleurs et les meubles chinés.

Je choisis un hortensia pourpre et une tige de *Delphinium* bleu ciel. Véro, la fleuriste, me félicite pour l'association des couleurs. Elle me propose quelques chardons et trois tiges d'œillets verts. Elle connaît mes goûts. Penny s'impatiente, elle a soif. Je paie. Les fleurs coûtent deux fois moins cher qu'à Paris. Chez moi, il y a toujours trois bouquets : un sur la table basse, un sur la commode de la chambre, un dans la cuisine.

Mon mari a déposé son manuscrit sur la table de jardin. Il a collé un post-it avec un cœur. Il s'est absenté pour la journée. Je remplis une théière d'eau, j'y mets les fleurs, la dépose à côté de la corbeille à fruits. Je m'installe par terre, un coussin dans le dos, verse du café froid dans une tasse. Je me relève, tire un œillet vert du bouquet et glisse sa tige dans ma brassière de sport. Il me chatouille le menton.

Cindy, de l'émission *Famille XXL*, est en train d'accoucher de son huitième enfant, elle hurle dans la télé de ma voisine du dessous. J'entends tout. C'est ça, vivre dans l'ancien, nous a glissé l'agent immobilier avec un sourire complice avant qu'on signe notre bail. Il n'a pas précisé que notre voisine du dessous regarderait la télévision plus de dix heures par jour. Qu'on l'entendrait se moucher une vingtaine de fois par jour. Que tous les matins, avant huit heures, elle téléphonerait à son fils. Que la voir fumer, manger, regarder son téléphone sur sa terrasse allait me donner envie de brûler sa terrasse. Il n'a pas non plus spécifié qu'elle possédait un lapin nain dont la cage trône sur le palier nuit et jour, été comme hiver. Je mets un casque sur mes oreilles.

Le livre m'est dédié.

À la page un, l'écrivain pousse la porte d'entrée et découvre le cadavre de sa femme dont la tête a été tranchée et dérobée. Le début, c'est presque le plus important, c'est là que je sais si oui ou non le livre va me plaire. À la page cinquante, les vaches dans le champ à côté de la maison de l'écrivain tombent malades et meurent. Les images affluent, les larmes montent. Les hommes peuvent tous mourir, mais pas les animaux. À la page cent huit, l'écrivain fauché surprend son voisin en train de dévorer le cadavre de son fils. À la page deux cent, les habitants du village brûlent des femmes et des hommes sur un bûcher. Penny pose ses pattes avant sur mes épaules. J'ai bu toute la cafetière. Il est dix-huit heures, je débouche une bouteille de vin rouge. Le roman se termine à mon troisième verre. J'ai rongé mes ongles, je me suis à moitié arraché celui du pouce. À la dernière page, l'écrivain fauché retrouve la tête de sa femme au milieu d'autres têtes de femmes. Il décrit son visage et c'est beau. Il embrasse ce qu'il reste de la bouche de sa femme. Et il s'en va avec elle, dans ce monde en feu.

J'ai envie de vomir, de pleurer, de taper, de courir.

J'entends une mouche voler. Mon mari a commandé en ligne une tapette à mouches électrique. Elle est dans le salon, à côté de son bureau. Chaque fois qu'il déclenche la petite décharge, il sourit. Un de nos plus gros sujets de dispute. Je ne tue plus aucun animal. Je laisse les moustiques me piquer. Les toiles d'araignée décorer les poutres. Des miettes sur la table pour nourrir les fourmis. Je leur murmure de se dépêcher, de rester cachées.

Je repose le manuscrit sur la table de la cuisine.

Je descends au deuxième étage. Derrière la fenêtre, ma voisine dort devant la télé. Des canettes de bière sur la terrasse, une assiette avec des mégots et les restes d'une salade de carottes râpées sur la rambarde. Je m'agenouille à côté du lapin, mets mon doigt dans sa cage. À lui, je peux raconter le coup de fil de mon éditeur, la balle en plastique rose qui flotte quelque part dans la Loire, le roman incroyable de mon mari, la jalousie dans mon ventre, la honte de la jalousie, la jalousie qui devient détestation,

détestation de moi, de lui, de tout. À lui, je peux dire que j'aurais aimé écrire ce livre et que ça me tue. Je parviens à caresser son oreille, lui promets qu'un jour je le sauverai. J'entends ma voisine se moucher. La porte du rez-de-chaussée claque. Les pas de mon mari dans l'escalier. Je colle ma joue à la cage.

Je murmure Tout va bien, tout va bien, ton roman est beau, toi aussi tu es beau, et je t'aime, et je t'admire, tout va bien, oui, tout va très bien.

Mon mari déjeune avec un éditeur à Paris. Il a passé du temps à choisir sa tenue. Son train est à dix heures, il partira à neuf heures trente de la maison. Je lui ai annoncé la veille que j'avais fini la lecture de son livre, avec une bouteille de champagne dans une chaussette rafraîchissante, quelques bougies parfumées, un appartement propre, un morceau de pecorino à la truffe sur une planche en ardoise et du pain de campagne toasté. La vérité est que je l'ai terminé il y a quatre jours. J'avais besoin de temps pour digérer, accepter la confusion de mes sentiments et réussir à bien formuler les choses. J'ai dit que j'étais fière, que son roman était puissant. Je n'ai pas parlé de ma jalousie, de cette brûlure dans mon ventre. Je l'ai embrassé et son haleine sentait le pecorino à la truffe.

C'est quoi ton programme aujourd'hui ? Je vais tirer mon chariot jusqu'aux halles et le remplir de trucs pendant que tu signeras avec l'éditeur de cette prestigieuse maison d'édition. Mon mari a insisté pour investir dans ce chariot. Je n'en voulais pas. Trop cher, le prix d'un resto, et toutes les vieilles en ont un. Mais il a dit que j'allais me détruire le dos à force de porter tous ces sacs, il a dit Pourquoi tu t'infliges ça ? Tu n'es obligée de rien. Il a dit que si je voulais il pourrait se charger des courses, mais je ne voulais pas. Il a dit T'es têtue, et un matin il est allé choisir ce chariot rose à quatre-vingts euros en promotion. Je dois reconnaître qu'il avait raison, il y a une poche pour ranger ma carte bleue et mes clés, c'est pratique et la couleur me plaît. Donc remplir ce joli chariot rose de légumes, de fromage et saluer toutes les petites vieilles que je croise.

Tu veux manger quoi ce soir ? Il me parle d'entrecôte. J'ai arrêté de manger de la viande après avoir vu un documentaire sur les abattoirs. Ce jour-là, j'avais cuisiné des pâtes au poivre et au *guanciale*. Ça sentait bon le gras dans l'appartement. J'ai tout jeté à la poubelle. Ça a rendu mon mari fou, mais je pleurais tellement qu'il a fini par s'asscoir sur le sol de la cuisine avec moi et m'a serrée fort contre son torse. Jusqu'à ce que je me calme, que je ne perçoive plus l'odeur du lard et du sang, seulement celle de sa peau.

Mon mari dit T'embête pas, ce soir on commandera chinois, et il m'embrasse.

Penny me tourne autour, elle veut que je l'emmène sur l'île Simon. Je m'apprête à enfiler mes baskets quand je reçois l'appel du producteur qui a failli acheter les droits audiovisuels de mon premier roman. Il me demande ce que je fais dans une heure. Je réponds Rien. Il rit, Bah si, tu prends un café avec moi. Je caresse Penny, Promis bébé, je fais vite.

Je ne l'ai pas revu depuis le Covid. Pas depuis son mail qui m'annonçait que le projet d'adaptation n'aboutirait pas. Il avait écrit que la période était compliquée, que le cinéma souffrait. Il s'était excusé.

Il porte une chemise Dior. Des gouttes de sueur perlent au-dessus de sa lèvre supérieure. Ses lunettes de soleil empêchent ses cheveux de tomber sur son front. Il présente son film à dix-sept heures. Il a horreur des cinémas de province. Il retire ses lunettes de soleil, se passe la main dans les cheveux. J'ai choisi un bistrot près de la gare. Le seul où le café coûte aussi cher qu'à Paris. Il me dit que je ne peux pas rester comme ça. Il me dit que je dois revenir à Paris. J'ai commandé un thé glacé. La température extérieure est de trente-quatre degrés. Je porte un débardeur blanc sans soutien-gorge. Il me dit Ça fait trop longtemps. Il me dit que je ne change pas. J'entends un bruit de sabots. Une calèche passe. Elle transporte une mère et ses deux garçons. À l'avant, la cochère porte une casquette bleue. Feu rouge. Les deux chevaux ont la queue blanche, de la même couleur que leur crinière. Est-ce qu'ils sont frères ? Le producteur se tourne pour comprendre ce que je fixe. Alors maintenant, tu te lances dans la cause animale ? Le feu passe au vert. Il me demande si je compte suivre la calèche. Je m'excuse et, l'instant qui suit, je regrette mes excuses. Il reprend un café. Il me dit que je lui manque, qu'il faut vraiment que je revienne. Il ne parle jamais de mon mari. Trop vieux, trop punk, trop pauvre. Il me parle d'un plan de studio à Saint-Paul. Un plan gratuit ? Là, il se marre. Il marque un temps pour signifier l'importance de l'instant. J'entame mon deuxième thé glacé. Il me dit que mes cheveux sont marrants comme ça mais qu'il me préférait avec les cheveux longs. Il est désolé, il ne voulait pas se montrer blessant. Ce qui est blessant, c'est l'indécence avec laquelle il me dit de revenir. C'est ce rendez-vous qui n'en est pas un. C'est ma présence ici face à lui. C'est l'espoir de réécrire, tout petit, caché quelque part en moi, et de signer moi aussi avec une prestigieuse maison d'édition. Et ces chevaux qui souffrent et cette cochère qui s'en fout. J'imagine les deux petits garçons à la place des chevaux, les chevaux assis à l'arrière de la calèche, les chevaux qui courent dans un champ en liberté. Je respire à nouveau.

Il me dit que je suis quand même très belle. Est-ce que j'ai le droit de te dire ça ? Il ne sait plus comment parler aux femmes avec toutes ces histoires de *#MeToo*. Il me dit qu'il ne supporte plus toutes ces féministes enragées, que je ne suis pas comme elles. Il me dit que je suis son amie. Il me dit qu'il pourra peut-être me trouver un petit rôle dans son prochain film. Il me dit qu'il m'admire. Son téléphone vibre, il doit répondre. Il se lève, s'éloigne de quelques mètres. Je prends ses lunettes de soleil et les range dans mon sac à main. Il revient, s'excuse. Il croit que je suis sur mon sixième roman. Quelque chose d'intense. J'ai coupé mes cheveux parce que je n'avais pas le temps de les brosser tellement l'inspiration, tellement je suis une artiste. Alors il les trouve marrants, ils vont bien avec l'image qu'il se fait de moi. L'image de l'écrivaine exilée. Celle qui porte des débardeurs sans soutien-gorge. Elle boit du rouge, grignote quelques frites et se remet à écrire. Elle a rompu avec le milieu de la mode et du cinéma pour se consacrer à son art. Elle est profonde, un peu bizarre. Elle ressemble à l'actrice de *Millénium*. Elle n'existe que dans les bistrots parisiens. C'est pour ça qu'il veut que je revienne, parce qu'ici, dans cette ville dont il méprise les habitants, je n'existe pas. Ici, l'image s'efface.

Et lui a besoin de l'image.

Il est écrit sur la pancarte à l'entrée du jardin des Beaux-Arts que la municipalité offre les services d'une calèche. Il est écrit *Baladez-vous pendant quarante-cinq minutes dans un autre temps ! Baladez-vous à travers les lieux incontournables de notre ville*. La cochère à casquette bleue me salue. Penny m'attend à la maison, je monte dans la calèche. J'ai besoin de comprendre. Est-ce qu'elle les aime ? Elle dit que oui, qu'elle les a vus naître. Est-ce qu'ils souffrent ? Elle dit Non ! Les chevaux sont moins sensibles à la chaleur que les chiens. Même par cette canicule ? Elle dit qu'il y a des règles, que tant que le thermomètre ne dépasse pas une certaine température elle est autorisée à travailler, que c'est un boulot comme un autre, qu'elle le fait avec passion et respect. Elle dit Il y en a marre de tous ces vegan, ces fous furieux qui jugent sans savoir. Je ne dis plus rien et mon silence l'offense plus que mes questions. Elle fouette le cheval de droite. On passe devant l'île Simon. Je ressens les sabots sur les pavés, les gouttes de sueur entre mes seins et l'envie subite de descendre, de coller ma tête à celle des chevaux et de leur demander pardon. Mais je me tais. Le tour est terminé. La cochère ne me dit pas au revoir. Je descends et regarde la calèche s'éloigner. Il est dix-sept heures, le train de mon mari arrive dans moins d'une heure. Presque plus de batterie dans mon téléphone. Assez pour lire qu'un cheval est mort en Espagne cet été après avoir tiré une calèche sous trente-six degrés. Température extérieure : trente-cinq degrés.

Écran noir.

Je mets les lunettes volées sur mon nez, retire mes sandalettes pour sentir le goudron brûler la plante de mes pieds et je rentre.

Mon mari est beau ce soir. Je lui ai appliqué du crayon noir sous les yeux avant de sortir. J'aime le maquiller, et lui m'aime alors il se laisse faire, assis sur le rebord de la baignoire, les mains sur mes hanches.

Aujourd'hui, il a envoyé par la poste le contrat signé à la prestigieuse maison d'édition. C'est ce qu'on fête. Il espère, mais ne me le dit pas, que son livre aura un prix littéraire. Le livre sortira dans cinq mois. Il me cache son excitation. Pour ne pas me heurter, ne pas me rappeler que le mien ne sortira pas en même temps que le sien. Qu'il ira à des salons sans moi, à des rencontres en librairie sans moi. Je pince la peau de ma cuisse. On partage une entrée ? Me réjouir de l'instant. Mon portable est sur mode avion. On boit l'équivalent d'une bouteille de vin rouge chacun, du pineau d'Aunis, mon cépage préféré. Il passe la main dans mes cheveux, les ébouriffe. On s'embrasse. On se dit Je t'aime.

Quand nous arrivons dans le bar, mon mari commande deux gin tonics. Étienne, le barman, discute avec lui. Il parle toujours plus avec lui qu'avec moi. Il a lu tous ses romans et aucun des miens. J'enlève le mode avion de mon téléphone. Je m'adosse au mur et apprends que la saison de la chasse va bientôt commencer. La photo d'un chevreuil mort illustre la nouvelle. Le renard fait cette année encore partie de la liste des nuisibles. Sur la vidéo, un renardeau renifle le cadavre de sa mère. Je perçois le soupir de mon mari, il ne supporte plus toutes ces vidéos. Il dit Tu te fais du mal pour rien. Je repasse la vidéo du renardeau. Étienne félicite mon mari pour le nouvel éditeur. C'est mielleux, collant, ridicule. C'est insupportable. Tout, la musique trop forte, les conversations futiles, les shooters sucrés, la fille à ma droite qui hurle Je veux des frites. Les renards vont être piégés, tirés, déterrés, massacrés. Elle veut du ketchup et de la mayonnaise. Piégés, tirés, déterrés, massacrés. Tout le monde s'en fout. Je croque les glaçons, commande un autre gin tonic. Il va me falloir beaucoup d'alcool.

Tu reviens avec moi ? La main de mon mari sur l'écran de mon téléphone, elle cache le renardeau. Je lui demande de me laisser tranquille. Mais je n'ai pas envie qu'il me laisse tranquille.

— Tu t'en fous des renards.

— Non, je ne m'en fous pas, mais je ne peux rien y faire. Quand on n'a pas de prise sur les choses, il faut laisser aller.

Si je me laisse aller, je vomis et j'enfonce la tête de la fille dans son bol de frites. Je ne peux pas me laisser aller. Ça ne va pas. J'étouffe ce soir. J'angoisse. Et ça me submerge.

— Ça me déchire de partout. Tu comprends ?

— Oui, je comprends. Mais il y a tellement de choses terribles, mon cœur.

— Oui, c'est ça. Et toi, tout ce qui compte, c'est ton livre.

— Arrête, tu vrilles là.

— Non, je dis la vérité. Tu veux un prix littéraire. Tu veux la reconnaissance. Tu veux qu'on parle de toi.

— De mon livre, pas de moi.

— C'est pareil. Regarde-moi dans les yeux et jure-moi que tu n'as pas changé d'éditeur pour avoir un prix ?

— Je te le jure.

Je m'en vais. Il ne me retient pas. Il suffirait d'un geste. D'un Pardonne-moi. Je baisse les yeux pour ne pas craquer. J'ai le renardeau dans la tête, je dois le sauver. Penny, on rentre à la maison. Manteau, laisse. Je bouscule quelques clients qui font la queue au bar. Penny me tire dans la rue. Je ne vois plus personne. Juste le renardeau et le cadavre de sa mère.

Le lapin est sur le palier. Je glisse mon doigt dans sa cage.

Certains naissent au mauvais endroit, dans le mauvais corps.

Je dis à Penny Reste là, bébé. J'enfile mes baskets, je claque la porte de la maison et je cours vers l'île Simon. Je m'arrête au milieu du pont, là où la vue est la plus belle, et je hurle. Personne ne m'entend. J'enjambe la balustrade et je hurle plus fort. Je ressens une profonde tristesse. C'est comme un trou. Et au fond du trou, il y a de la colère. Il y a un monstre. J'ai beau hurler, il ne part pas. Je m'assois sur la barre en fer et je le supplie de me laisser en paix. Mais la paix, je ne connais pas. Même petite, même à Paris, même quand j'écrivais, le monstre était là, caché dans mon ventre. Enfant, je m'allongeais par terre, dans toutes sortes d'endroits, et je hurlais. Ma mère me tirait par le bras, l'oreille. Ma mère me mettait devant un Disney. Je disais Ce n'est pas moi, c'est le monstre. Elle disait Tais-toi et regarde !

Mon mari garde le monstre à distance des autres. Il n'utilise pas Disney comme maman, privilégie l'écoute, l'humour. Parfois, il me masse. Il me sert de grands verres de vin. Il utilise le vibromasseur et sa langue. Il a dans son tiroir une boîte de Lexomil, il casse un cachet en cas de crise de tétanie et me le glisse dans la bouche. Ou, comme ce soir, il m'offre des fleurs et m'emmène au restaurant.

Quelque chose change. Quelque chose ne fonctionne plus. Et ce soir, je n'y arrive plus. Parce que le renardeau, la frustration, la jalousie et tous ces cons. Ce soir, j'ai imaginé des couteaux qui se plantent dans le dos d'inconnus, une malédiction sur tous ceux qui font semblant de ne pas voir, de ne pas comprendre que rien ne va, qu'on détruit tout.

Je regarde l'eau noire. Ça doit ressembler à ça, le désespoir. Ça doit ressembler à ça, la haine. Haine de ceux qui y arrivent, de ceux qui ont pris ma place. La haine des on me dit. La haine des mensonges, de l'illusion. La haine de l'espoir. Je ressens le vertige, je lâche une main pour le ressentir plus fort.

Il n'a pas assez plu cet été. On peut traverser la Loire et

rejoindre l'île Simon à pied. Demain, à l'aube, on retrouvera mon corps. Il y aura du sang, ma tête explosée sur les cailloux et le museau de Penny sur ma peau froide. Ça sentira la vase. Mais là, dans le trou, une force m'attire hors de l'eau. Je replace ma main sur la barre en fer, un premier pied sur le béton ferme, un deuxième. J'opère un demi-tour.

Penny est là pour m'accueillir. Sa langue sur ma joue me fait venir les larmes. Mon bébé, pardonne-moi. Je mordille son oreille. Les mères font ce genre de choses. J'ai des poils plein la bouche, elle les perd depuis deux semaines. J'ai vu que Dyson sortait un aspirateur spécial pour poils d'animaux. Je reste assise sur le sol de l'entrée, Penny blottie entre mes jambes. Je ne bouge pas, elle non plus. Peut-être une heure. Peut-être moins.

Je pousse la porte de ma chambre, retrouve l'odeur de mon mari et tout l'amour que je lui porte, mes lunettes de vue sur ma table de nuit, mes boucles d'oreilles, ses bouquins, le panier de Penny dans lequel elle ne dort jamais, un verre de grenadine tiède, des lentilles de contact séchées, des chaussettes sur le radiateur éteint, mes vêtements sur des portants, les siens, mes vœux de mariée encadrés, écrits à la main sur un mouchoir, la dernière fois où mon mari m'a pénétrée, hier matin, des traces de mascara sur l'oreiller. Penny saute sur le lit vide. Je me glisse sous les draps et j'attends d'entendre la clé dans la serrure.

Quand mon mari me rejoint, je fais semblant de dormir. Il n'allume pas sa lampe de chevet. Il ne lira pas ce soir. Mon pied touche le sien. Il ne réagit pas. Ma main cherche la sienne. Je me rapproche. Nos deux corps nus, nos deux chagrins. La colère quitte la chambre.

Tout s'efface. À l'exception de nos corps.

Le lendemain matin, le soleil est absent. Mon mari m'embrasse dans le cou et me demande si j'ai bien dormi. Il y a du café noir dans sa tasse. Je lui demande s'il veut que j'aille acheter du lait au Carrefour City. Non, c'est bon, il ira. La radio est allumée sur France Culture, *Les chemins de la philosophie.* Le trou dans mon ventre et le monstre au fond du trou me donnent la sensation de vivre un rêve étrange.

Mon mari fait partie de ces gens qui ne comprennent pas le concept de vacances. Il n'a pas de week-ends, pas d'horaires, il écrit tout le temps, partout. M'explique que le voyage se fait à l'intérieur, pas besoin de partir à l'autre bout du monde. Mon mari est écrivain. Pas de doute. Il consacre sa vie à son œuvre – c'est ainsi qu'il l'appelle, son œuvre. Mais aujourd'hui, mon mari s'est octroyé une journée de pause pour se consacrer à sa femme qui est étrange depuis quelque temps. Il coupe son téléphone, éteint son ordinateur et me dit Aujourd'hui, c'est toi et moi.

J'avale un demi-Lexomil, pour pouvoir sourire un peu. Mon mari dit Il faut que tu arrêtes de prendre ces médicaments, tu deviens dépendante. Je dis Oui, oui.

On traverse le pont main dans la main. À l'entrée de l'île, je lâche Penny. Elle aime nous voir ensemble, remue la queue, gémit pour que je lui lance la balle. Va, bébé. Mon mari vérifie qu'il n'y a pas d'autres chiens. Je lui demande de se détendre. Puis le golden retriever surgit du buisson. Mon mari rappelle Penny. Elle obéit mais le golden veut jouer. J'assiste à la scène, impuissante. Les poils du dos de Penny se dressent jusqu'à former une crête. Elle lâche la balle et fonce droit sur le chien. Elle aboie, encore et encore. Mon mari hurle Penny ici, Penny tais-toi, Penny la ferme. Mais Penny a peur, Penny veut nous protéger alors Penny ne s'arrête pas. Le dos de mon mari se raidit, son bras se tend. Il frappe Penny de toutes ses forces avec le lance-balles en plastique. Le lance-balles se fend en deux sur le corps de ma chienne. Penny pleure comme je ne l'ai jamais entendue pleurer. Mon mari ne bouge plus. Je cours. Penny, ça va ? Penny, bébé, tout va bien ? Penny, bébé. Penny, mon cœur. Elle tremble. Je vérifie chaque partie de son corps. Marche, bébé, marche. Mais Penny boite. Je récupère les morceaux du lance-balles, de la prolongation du bras de mon mari, de sa violence, de son autorité. Je les serre fort. Je prends ma chienne dans mes bras, lui mordille les oreilles, lui murmure que je l'aime et que je ne laisserai personne lui faire du mal. Personne. Mon mari s'excuse avec son corps, ses mots, ses larmes. Je ne le regarde pas, ne parle pas. J'enfonce mes ongles dans ma paume, sous ma peau. Là où l'amour. Là où mes vœux sur un bout de papier. Là où nos soirées ma tête sur ses genoux. Là où nos habitudes, notre vie construite ensemble.

La maîtresse du golden s'approche, nous demande si tout va bien. Son chien reste en retrait. Je lui caresse la tête, lui dis que ce n'est pas sa faute. Je garde Penny contre moi. Mon mari parle à la maîtresse, lui fait comprendre qu'il vaut mieux nous laisser. Je me redresse. Penny reste à mes pieds. Je dis Excuse-toi auprès d'elle. Je dis Lance la balle, elle ne doit pas te craindre. Je dis Si tu recommences, je te quitte. Si tu recommences, tu ne nous reverras plus, ni elle ni moi. Si tu recommences, je te casse les doigts. Mon mari me prend dans ses bras. Mon corps ne se plie pas au sien. Toute sa tendresse, sa culpabilité ne l'affaibliront pas. Je dis Rentre à la maison. Retourne à l'écriture, c'est ce que tu fais de mieux. Je m'éloigne, Penny me suit. Je m'arrête, expire, sens la main de mon mari sur mon épaule. Il m'enlace par-derrière. Je n'avance plus. Penny s'allonge à nos pieds. On reste ainsi, sans bouger. Je finis par poser la main sur son avant-bras.

Si tu recommences, je te tue.

Les halles sont à moins de dix minutes à pied de la maison. Les chiens n'y sont pas admis, mais les commerçants ne me font jamais de réflexions quand je prends Penny avec moi. Le boucher Lio lui donne un bout de talon de jambon. Il dit J'ai la même à la maison. La dame des fromages connaît son prénom et me demande toujours de ses nouvelles. La plupart des gens aiment les chiens. Un jour, j'essaierai de leur faire comprendre qu'il n'y a pas de différence entre un cochon et un chien, un agneau et un chiot, que l'un ne mérite pas la mort plus que l'autre. Je ne sais pas encore comment je le leur expliquerai.

J'achète deux douzaines d'huîtres et quelques bulots pour mon mari. Le poissonnier me dit que je suis sa cliente préférée, la plus gentille. Il m'offre un petit pot d'aïoli. Est-ce qu'une huître ressent sa propre mort ? Je ne pose pas la question. Je range l'aïoli dans mon chariot. Je croise Véro, ma fleuriste. Elle me propose de passer boire un verre ce soir. J'irai acheter une bouteille de pétillant naturel chez le caviste d'à côté. Véro n'aime que le vouvray et j'aime bien Véro.

Mon mari est à son bureau. Il est nu et m'informe qu'il aimerait que je me déshabille et qu'on fasse l'amour sur le tapis du salon. Je réponds que je lui ai pris des bulots et que le poissonnier m'a offert un pot d'aïoli. Il n'a pas le temps de prendre son air dépité, il reçoit l'appel de son éditeur. Je range les courses, organise l'intérieur du frigo. Cornichons, moutarde et autres condiments en haut, fromages et yaourts au deuxième étage, viande et animaux morts en tout genre au troisième, bouteilles de vin au quatrième et les légumes toujours dans le bac à légumes. Ma professeure de philosophie en terminale disait que j'étais ordonnée et logique, que ces qualités allaient m'être d'une grande utilité dans la vie. Elle avait raison.

Le bébé de Cindy pleure. Son aînée de neuf ans la traite de connasse. Ma voisine a sa routine. Après *Famille XXL*, elle zappera pour retrouver Sophie Davant dans sa nouvelle émission, *En bonne compagnie.* Je pense à son lapin et je remarque qu'un verre à vin sur l'étagère est fêlé. Baskets, harnais, laisse. Oui, bébé, on va promener.

Le lapin est sur le palier.

J'évite le pont, l'île Simon, et marche vers les bords de Loire. J'allume l'application Runkeeper, lâche Penny. Elle risque d'aboyer sur le premier chien qu'elle croise. Mon mari a acheté un collier à électricité statique. Si le chien aboie, le maître appuie sur la télécommande, le chien reçoit une petite décharge. Il y a dix niveaux d'intensité. J'ai pleuré la première fois que j'ai mis ce collier à Penny. J'ai demandé à mon mari de prendre la télécommande, j'étais incapable d'appuyer. Il m'a assuré que c'était pour son bien, pour lui apprendre, que bientôt elle n'en aurait plus besoin. Il n'y a pas eu de deuxième fois. J'ai dit à mon mari que je l'avais perdu. Il a fait semblant de me croire. J'ai mis le collier autour de mon cou, j'ai appuyé sur dix.

Penny se cale sur mon rythme. Jamais devant ni derrière mais à dix centimètres de mon pied. Elle m'a fait tomber la dernière fois. Je l'ai engueulée, me suis excusée, j'ai pleuré. Au bout de trente minutes, je commence à évacuer. Je sème des morceaux de colère derrière moi. C'est bon. J'élabore le plan de sauvetage du lapin. On sera forcés de déménager, mon mari comprendra. J'accepterai peut-être de faire l'amour avant de me doucher. Après, j'irai boire une coupe de vouvray avec Véro. Ce sera une bonne soirée. J'arrive presque à sourire, chose difficile au rythme de onze kilomètres par heure.

Au bout du chemin de terre battue, là où d'habitude je m'arrête, je continue. Là où d'habitude je ne vois rien, je décèle une forêt. Je ferme les yeux, Penny se colle à ma jambe. Je retire mes écouteurs, j'entends les oiseaux, les grenouilles, le vent dans les arbres et le cri d'un animal que je ne connais pas. J'avance un peu, Penny tire dans le sens contraire. Je rouvre les yeux. OK, bébé. Je remets mes écouteurs.

Sur le trajet retour, on croise un chien, mélange improbable de staff et de fox-terrier, sans laisse. Son maître, au téléphone, nous tourne le dos. Le chien se plante au milieu de la route. Je rattache Penny. Tout va bien, bébé. *Stop the*

Bot à fond dans les oreilles. Le chien, qui est une chienne, fonce sur nous. Réflexe. Je soulève Penny avec son harnais. Penny vole. Une fois. Deux fois. Le maître tente de contrôler son animal. Sans succès. Sa gueule chope la queue de Penny. Pas le temps d'enlever mon casque. Pas le temps de réfléchir. Le maître est impuissant, je le vois crier. Je crois que je hurle, moi aussi. L'autre chienne est tenace, elle veut blesser, dominer, enfoncer ses crocs. Déchirer. Mon bébé, déchiré. Protéger bébé. Je ne sais pas comment, la force, les gestes, tout me vient. Je bondis sur l'animal. Le plaque au sol. Mon coude contre son thorax, et de tout mon cœur je cogne. Je cogne. Je cogne plus fort. Je ne sens plus rien. Ni la peur ni la colère. Je cogne. Juste ce corps sous moi qu'il faut frapper. Encore et encore. Jusqu'à l'épuisement. Jusqu'à la fin. Jusqu'à ce qu'il ne reste plus rien.

Retour brutal au monde. À la terre sous mes genoux, au vent sur mon visage. Je ne peux plus frapper. Le maître me tient les bras. Je cogne une dernière fois, dans son ventre à lui. Penny derrière moi. Penny va bien. Pas de sang. Tout va bien, bébé. *Hell yeah!* L'autre chienne se redresse. J'aurais pu la tuer. Cette pensée me laisse de marbre. Je reprends ma course.

Ma psy me dit sur l'écran de mon ordinateur qu'il faut que je réfléchisse à ce que je pourrais faire d'autre.

— Pardon ?

— D'autre qu'écrire. Imaginez que ça ne revienne pas.

— Si l'écriture ne revient pas, une seule solution s'offre à moi : tuer quelqu'un. Moi ou un autre. Vous voulez vraiment que je réfléchisse ?

Elle ne trouve pas ça drôle.

— Avant d'écrire, vous viviez bien, non ?

— Non, j'étais en gestation. L'écriture m'a fait vivre. M'a fait ressentir toutes ces émotions.

— Donc vous ne ressentez plus rien en ce moment ?

— Je ressens de la violence.

— Comment s'exprime cette violence ?

J'ai tabassé un chien et j'ai failli me jeter dans la Loire mais je dis Cette violence ne s'exprime pas. Elle me demande si je compte venir à Paris la semaine prochaine. Elle aimerait me voir en consultation physique, m'assure que c'est important. Je ne veux plus venir à Paris. Je veux courir dans la forêt. Je lui explique que j'ai senti un monstre dans mon ventre. C'est très puissant. C'est un animal en colère. Elle me demande si c'est lui qui me fait penser au suicide. Non, c'est lui qui m'empêche de le faire et c'est ce qui m'inquiète. Son prochain patient sonne à son cabinet. Elle s'excuse, est embêtée, elle aimerait poursuivre cette conversation. Elle me conseille de faire du sport pour évacuer cette colère, d'essayer de dormir et de ne pas rester seule. Je ne suis pas seule. J'ai Penny, mon mari et j'ai le monstre aussi. Elle me demande mes disponibilités pour notre prochain rendez-vous. Je donne une date. Elle me propose dix heures, j'accepte. Il n'y aura pas de prochain rendez-vous. Je le sais. Je revois son cabinet parisien. Dans lequel tous ces morceaux de moi. À quatre pattes, je m'avance jusqu'à elle. Je pose la tête sur ses genoux. Elle passe la main dans mes cheveux. Je lèche sa jambe et reste ainsi, sans bouger. Je murmure Au revoir, j'appuie sur le petit téléphone rouge.

Je décide de me lancer dans un grand ménage. Pour ne plus penser. Mais laver, gratter, frotter, arracher. Enlever mes draps, tout mettre dans la machine à laver. Appuyer sur le bouton, regarder tourner. Revenir vider mes placards, les javelliser. Vider mon frigo. Récurer le bac à légumes, la cuisinière, le micro-ondes, la bouilloire, les casseroles, les couverts, les deux chaises, l'évier, le carrelage. Asperger le plafond de substance cancérigène. Apercevoir de la poussière sous l'étagère. Aspirer. Hurler. Vider un litre de nettoyant sur le sol. Penny, ne reste pas là. Penny, ne me regarde pas. Ne respire pas ça. Penny se glisse sous le canapé. Elle regarde sa mère s'envoler, briquer, frotter encore, plus fort. Se mettre nue. Imaginer les microbes courir sur mes jambes, les saluer. Penser aux insectes. Fuyez les amis ! Hurler encore, plus fort. Sortir. Oublier que je suis nue. Enfiler une robe. Descendre. Insulter ma voisine absente. Prendre la cage du lapin. Prier pour ne croiser personne dans le couloir. Apercevoir un vieux dans la cour, le saluer. Reposer la cage. Pardon, lapin. Bientôt, lapin. Sentir l'énergie traverser mon corps et le monstre tourner en rond. Mordre ma langue. Revenir sur mes pas. Porte. Retenir mon souffle, mes larmes, tout. Me déshabiller. M'arroser de désinfectant, de nettoyant à vitres, à sol, à toilettes, de liquide vaisselle, de savon. Mousser. Frotter. Suffoquer. Frotter. Frotter. Frotter. Faire couler l'eau du bain. Taper ma tête contre les murs. Avoir mal. Continuer. Avoir très mal. Arrêter. Éprouver le besoin de planter quelque chose dans mon corps. L'envisager. Me contrôler. L'eau déborde. Tout couper. Croiser mon reflet dans la glace. Tout arrêter. M'asseoir sur le rebord de la baignoire. Reprendre mon souffle. Glisser dans l'eau, fermer les yeux.

J'ai peur. J'ai très peur.

Et sentir le museau de Penny sur le rebord de la baignoire. Pardon, bébé. Elle lèche ma joue et tout se calme. J'entends la porte d'entrée claquer.

Mon mari m'apporte un verre de grenadine. Ça fait du bien. Il dit que ça sent la javel. Il me demande si ça va, si je veux l'accompagner à une soirée à Paris. Il dit qu'il n'a pas envie d'y aller sans moi. Je mets la tête sous l'eau. Mon mari se déshabille, me rejoint. On s'embrasse, il a envie de moi, me demande si moi aussi. Je réponds oui. Pour ressentir de la douceur et de l'amour à l'intérieur. Il s'arrête en chemin, se retire, s'excuse. Je me demande si l'animal dans mon ventre l'a mordu. Il me dit qu'il m'aime et qu'il s'inquiète pour moi. Je pose la tête sur son torse. Il me caresse les cheveux. On reste là sans bouger, sans parler, jusqu'à ce que la peau de nos doigts se fripe, que le bain se vide.

Takotsubo. Syndrome du cœur brisé.

Ce matin à la radio, *Une femme de trente-six ans est morte du Takotsubo.* J'ai trouvé que c'était beau. Mourir d'amour. J'ai vu la femme s'arracher l'organe de la poitrine. Le jeter dans l'eau. J'ai vu le cœur flotter avec les feuilles.

Viens là, bébé. Les deux pattes sur mes épaules, Penny me lave le visage avec sa langue. Ça dégoûte mon mari. Moi, ce qui me dégoûte, ce sont les gens, c'est ce qu'ils font aux autres gens, aux animaux, aux arbres. Et ce qui me sauve, c'est ma chienne.

On est bien, allongées dans l'herbe. Il commence à pleuvoir. Les poils du dos de Penny se dressent. À quelques mètres, une silhouette. Sage, bébé, sage. Elle part en sprint. J'ai été surprise la première fois que je l'ai entendue aboyer. Entre le cochon qu'on égorge et le méchant Gremlin, celui avec la crête blanche. Ne jamais les nourrir après minuit, ne jamais les mouiller. Avec Penny, il y a également quelques règles à suivre. Ne pas s'approcher de sa mère. Ne pas porter de chapeau, de capuche, de casquette, de lunettes de soleil.

Ne pas la caresser sans son consentement. Ne pas lui renifler le cul. Ne pas être de sexe masculin. Ne pas la coincer contre un mur. Ne pas lui donner de viande crue.

La silhouette est un garçon.

Il retire sa capuche. Il a le crâne rasé, une tête d'enfant posée sur un grand corps. Il a les lèvres gercées. Il a une fossette sur la joue droite. Il a les yeux gris. Il me demande si j'accepterais de marcher avec lui jusqu'au bout de l'île Simon.

Le garçon me dit qu'il est danseur. Qu'il est en résidence dans une compagnie pour deux mois. Qu'il y a un spectacle ce week-end, dans une salle quelque part. Il me dit que danser, c'est comme parler, marcher, respirer. Que danser, c'est voler. C'est renaître. C'est ressentir le corps. C'est l'oublier. C'est disparaître. C'est le feu. Il me montre un mouvement avec son bras. Quand il danse, il doit être beau, il doit être pur. Dans le silence qui suit, je l'imagine danser sur l'eau. Danseur, c'est mieux que garçon.

Au bout de l'île, Danseur me dit qu'il a dix-huit ans. À dix-huit ans, je ne faisais rien de mes journées, rien de mon corps. J'étais pleine de tristesse et je ne pleurais jamais assez. Il me dit que la danse lui permet de s'exprimer. Pour s'exprimer, il faut avoir quelque chose à raconter. À dix-huit ans, je n'étais pas prête à raconter. Danseur me dit qu'il a envie de me revoir.

J'ai envie de renifler sa nuque. J'ai envie de danser avec lui. Peut-être parce que je me sens seule. Qu'à dix-huit ans je me destinais à avaler une bouteille d'eau de Javel. Qu'à dix-huit ans je ne pensais pas qu'un jour j'en aurais trente, que je vivrais mariée, en province, avec une balle en caoutchouc dans la poche. Peut-être parce que j'ai besoin qu'il se passe un truc. Un truc sans monstre ni colère. Un truc qui m'éloigne de l'obscurité. Un truc léger, sans bruit. Un truc sans image, un truc de corps. Peut-être parce que, sur les mains de mon mari, de petites taches brunes apparaissent. Que lui, ses mains ont gardé de l'enfance. Que je les imagine sur mes joues. Je ressens quelque chose dans le bas de mon ventre. Peut-être parce que *Takotsubo,* j'aimerais moi aussi mourir d'amour.

Je lui demande son numéro. Je ne lui donne pas le mien.

À la maison, mon mari tape sur les touches de son ordinateur. Il est dix-neuf heures. Je lui sers un verre de vin rouge, vide un sachet de noix de cajou dans le bol en céramique acheté chez un petit artisan en Bretagne et lui dépose sur son bureau. Il expire la fumée de sa cigarette, les cendres tombent sur le clavier. Il me remercie. Je reste quelques instants à le regarder et c'est mon cœur que j'arrache de ma poitrine et dépose sur son bureau. Il ne le voit pas, continue de taper.

Takotsubo, on dirait le nom d'un guerrier.

Interdiction de prendre une olive avant que mon beau-père, Jacques, ait sonné la cloche de l'apéro. Nous fêtons ses soixante-dix-huit ans à dix kilomètres de Clermont-Ferrand, dans la maison que mon mari a fuie avant sa majorité. Nous restons pour le week-end. Peut-être plus si le verglas persiste. La température extérieure est inférieure à zéro degré. Le champagne est dehors. Le blanc qui accompagnera les huîtres aussi. Sur l'étagère, les livres de mon mari sont rangés par ordre chronologique, les miens aussi. Sur la table basse trône un petit bouddha sculpté en bois, rapporté d'un voyage en Thaïlande. Sur le mur derrière le canapé sont accrochés les bois du premier cerf tué à la chasse par mon beau-père. Penny a son manteau en fausse fourrure orange, elle fait pipi à un mètre de la porte vitrée. Je lui essuie les pattes. Mon mari fume face au feu de cheminée. Nicole, sa mère, vérifie la cuisson du gigot. Elle a failli s'évanouir quand son fils lui a rappelé que je ne mangeais plus de viande. Il a ajouté que l'agneau était un bébé animal, que j'étais sa belle-fille depuis sept ans et il a soupiré. Nicole s'est empressée de décongeler un pavé de saumon.

Je ne mange plus de saumon depuis quatre mois.

L'autre soir, au restaurant, mon mari a commandé de la pluma à la crème de chorizo. Je lui ai rappelé que le cochon avait le QI d'un enfant de cinq ans. Une de ces soirées qui commencent bien, on marche main dans la main, on ne voit pas l'intérêt de prendre deux jeux de clés. Mais je finis par le traiter d'égoïste, par dire des méchancetés, des choses que je vais regretter. On se demande si tout ça n'est pas une erreur, ce dîner, cette histoire, ce mariage. On est trop différents. On rentre sans un mot, les mains dans le froid, et on décide que la prochaine fois, s'il y en a une, on prendra deux jeux de clés. Depuis, je ne cherche plus à le convaincre. Il commande ce qu'il veut au restaurant. Et moi, je regarde mes vidéos de poussins broyés, de vaches affamées, de dauphins éventrés, et je me tais.

À dix-neuf heures, Jacques dispose quatre coupes de champagne sur la table basse. J'attends ce moment depuis notre arrivée. Mon téléphone vibre, un message de Danseur, qui répond à celui que je lui ai envoyé dans la voiture. La dernière du spectacle a lieu ce soir. Il aurait aimé que je vienne le voir danser. Je réponds avec un smiley qu'il est préférable que je ne le voie pas danser. Nicole rapporte des toasts de foie gras. Mon mari lui demande gentiment si elle l'a fait exprès. Elle s'excuse. Jacques s'agace, le foie vient d'un petit producteur, Nicole l'a cuisiné avec amour. Il dit Il y a du chutney de figue pour toi, les figues du jardin, c'est bon, c'est sucré. Mon mari prend ma main sous le coussin du canapé. Sous ce coussin, je ressens la force du « nous ». Sous ce coussin, rien ne peut m'arriver. Il informe ses parents que lui non plus ne mange plus de foie gras.

— Alors, maintenant, tu fais tout comme elle.

— Maintenant, si tu continues, on s'en va.

Son père se redresse, sec, mâchoires serrées. Il quitte le salon. Plus un mot. Le plafond va tomber. La maison va s'écrouler. Penny lève la tête dans ma direction. Nicole, inquiète, pose une main discrète sur l'épaule de son fils avant de rejoindre son mari à la cuisine.

Sous le coussin,

— Je t'aime.

— Moi aussi, je t'aime.

La nuit dernière, j'ai rêvé qu'un tsunami allait ravager la Terre. Je tentais de monter tout en haut d'une tour avec Penny dans mes bras. Elle pesait une tonne, je finissais par la lâcher. Je la regardais partir dans l'eau. C'est à ce moment que je me suis réveillée, en larmes, le corps endormi de Penny contre ma cuisse. Je l'ai tiré jusqu'à ma poitrine et je l'ai serré fort. Ma voisine du dessous a entamé sa conversation téléphonique avec son fils. Je n'ai pas réussi à me rendormir. Quand mon mari s'est réveillé, je lui ai dit que je ne voulais pas aller chez ses parents.

Ma coupe est presque vide quand Jacques, de retour, me ressert. Nicole dépose trois douzaines de fines de claire sur la table basse. Penny se rendort. Jacques s'excuse pour le foie gras, il ne voulait pas m'offenser. Il déclare avoir cessé d'aller à la chasse parce que son ami Michel a blessé un chien sous ses yeux. Le chien est mort. Jacques adore les chiens. Il caresse la tête de Penny, la réveille. Il débouche une bouteille de melon de Bourgogne. Il l'a achetée à la foire au vin pour l'occasion, précise qu'il s'agit d'un vin naturel. Mon mari lâche ma main pour tendre son verre à son père. Penny s'ébroue. Elle me regarde, elle me dit qu'elle m'aime. Mon mari annonce la sortie prochaine de son livre. Le feu crépite dans la cheminée. La fierté sur le visage de ses parents. Tout est oublié. Jacques félicite Nicole pour son foie gras. Mon mari félicite son père pour la parfaite ouverture des huîtres. Je vois mon corps brûler dans les flammes.

À table, mon mari raconte l'éditeur prestigieux à son père. J'attrape mon téléphone. Je tape tsunami. Je tape tremblement de terre. Sur Instagram,

La nouvelle enquête sur un chien décapité.

Irina dans son loft new-yorkais.

Une vidéo inédite de maltraitance de poney.

Un dauphin torturé.

Une pub pour des culottes menstruelles en coton biologique.

Arthur a dépassé les deux cent mille exemplaires.

Un RIP.

Un ours enfermé dans une cage.

Un chien fait du patin à glace.

Une plage recouverte de déchets en plastique.

Sandra est sur son cheval Hermès.

Une loutre embrasse un furet.

La recette d'un gâteau vegan à la citrouille.

Un type a violé sa fille de dix ans, il ne va pas en prison.

Mon mari me pince pour que j'arrête. La douleur me soulage quelques secondes. La douleur appelle la douleur. Nicole dépose le gigot d'agneau au centre de la table, accompagné de pommes de terre rôties. Elle m'apporte une assiette avec un pavé de saumon poêlé au centre. Je dis Je vais me laver les mains. Je monte dans la chambre et j'avale un Lexomil. Je garde la boîte dans ma poche.

À mon retour à table, l'agneau a ouvert les yeux. Mon mari me demande si tout va bien. J'ai les joues rouges. Il me propose de sortir prendre l'air. Je dis non. Il commence à manger. Nicole me demande si la cuisson du saumon me convient. Jacques boit de grandes gorgées de vin pour faire glisser l'agneau dans son œsophage. Je fixe sa carotide. Je vois le verre en cristal se briser, la gorge de mon beau-père tranchée. Le sang coule sur la nappe. Je vois son corps au milieu de la table à la place de l'agneau, à côté des pommes de terre.

Place au dessert. Je profite de la pause cigarette pour les uns, toilettes pour les autres. Je suis seule à table. Je transforme cinq cachets de Lexomil en poudre. Je soulève le couvercle en pâte à choux de la part de paris-brest de mon beau-père, je saupoudre la crème mousseline de poudre de Lexomil, je remets le couvercle. Penny m'observe. Je dis Moi aussi, je t'aime, mon bébé. Jacques revient à table, je le regarde dévorer son gâteau. Il ne reste pas une miette dans son assiette.

Le lendemain, mon beau-père se réveille à quinze heures. Nicole pleure de soulagement. Elle dit J'étais à deux doigts d'appeler le Samu. Il dit qu'il ne comprend pas, qu'il a mal au crâne. Nicole court vers le tiroir à médicaments, en sort de l'aspirine. Mon mari sert un café à son père. Je fais griller deux tranches de pain. J'ai faim. Je m'assois face à mon mari, lui caresse la joue. Je croque dans la tartine. Le beurre fondu coule sur mon menton. Je m'essuie avec ma main, lèche mes doigts. Je sens les pattes d'un insecte sur la peau de mon dos et je suis envahie par une vague de chaleur.

Je ne lui parle pas de mon mari qui m'attend à la maison, qui pense que je suis à la salle de sport. Penny est couchée à ses pieds. Les carottes sont dans le cuit-vapeur, il suffira de tourner le bouton. Je casserai six œufs et les battrai en omelette. J'aime bien ajouter des copeaux de parmesan et moudre des cèpes séchés. Je sortirai le fromage du frigo et un peu de jambon blanc en chiffonnade pour mon mari. Je pense à tout ça. Je commande un verre de vin rouge, le plus nature de la carte. J'ai développé une intolérance aux sulfites. Des plaques rouges apparaissent sur mes joues, je chauffe, je me gratte. À la maison, on ne boit que du vin nature. Je pense à tout ça. Les minutes. Vingt pour finir ce verre, dire au revoir. Dix pour rentrer. Quinze pour le cuit-vapeur. Près de trente minutes de cette table de bistrot à celle de notre appartement. De ce regard de grande bestiole farouche à celui plus sage de mon mari.

Le lapin, ou ma raison, me murmure que je ne devrais pas être là.

Je ne lui raconte pas le lapin, ma voisine, ma routine. J'ajoute cinq minutes. Le temps de m'accroupir, de glisser mon doigt dans la cage.

Je devrais être à la maison, en pyjama. Je l'ai lavé hier, il sent fort l'assouplissant.

Je devrais être à la salle de sport. C'est cours de quoi, ce soir ? Je résiste à la tentation de regarder l'application Mon Club sur mon téléphone.

Je devrais être en train d'essayer d'écrire.

Je devrais être au fond de la Loire.

Danseur parle de sa copine qui ne veut pas danser. De ses rêves. Partir vivre à Londres. Intégrer une compagnie. Il met de l'argent de côté. Il connaît sa copine depuis le collège. Il l'aime mais il ne l'emmènera pas avec lui. Il me demande si je comprends. Je dis oui. Il me demande si je suis restée amie avec mon premier amour. Je dis non. Je raconte la dernière fois que je l'ai vu, il y a deux ans, à Paris. Je suis assise dans son salon, Premier Amour tire sur sa cigarette électronique, parfum ananas. Il a grossi. Il commence à perdre ses cheveux, à ressembler à son père. Il porte une chemise propre, un pantalon sans trous, des baskets neuves. Sa femme est dans la cuisine. Il dit ma femme, mais ils ne sont pas mariés. Ils ont deux filles, un duplex, un poisson, une douche à l'italienne. Il voulait être père. Il voulait une routine. Il voulait une histoire simple qui ne risquait pas de le rendre malheureux. Il est bien dans son canapé. Il me propose un whisky qui vient du Japon, cadeau d'un ami. J'entends les casseroles dans la cuisine. Il s'est construit une vie à l'opposé de la mienne. Il me parle de son travail. Je m'en fous. Je veux savoir s'il m'aime encore. Sa femme va coucher les filles, elle le crie depuis le couloir. Avec moi, il n'aurait rien eu de tout ça. Je le félicite pour le duplex. Je m'imagine coucher les filles, les embrasser sur le front, leur murmurer Je vous aime, faites de beaux rêves, quitter la chambre. Préparer le repas sur l'îlot planté au milieu de la cuisine. Prendre un whisky au salon, avec un carré de chocolat noir. Avoir des cheveux longs attachés en queue-de-cheval. Pas de chien. De l'argent. Aimer mes filles plus que tout. Me forcer à faire l'amour. Avoir un vélo. À quarante ans, mettre le feu à l'appartement. À l'îlot. Au poisson. Aux enfants. Me faire couler un bain.

Est-ce qu'on peut brûler dans un bain ?

Danseur ne comprend pas ma question.

J'ai envie de l'embrasser. Sentir une autre bouche que celle de mon mari. Une bouche de dix-huit ans. Comme dans la chanson de Dalida. Est-ce qu'il la connaît ? Est-ce qu'elle met de l'ordre ou de l'or dans ses cheveux ? Est-ce qu'il a compris qu'elle n'avait que trente-six ans dans la chanson ? J'ai envie d'avoir dix-huit ans à nouveau. À dix-huit ans, trente ans c'était vieux. Est-ce qu'il me trouve vieille ? J'ai envie de sentir sa langue. De voir son corps. De lécher ce corps de garçon. De m'en imprégner. Sa sueur. Ses poils. Son goût. Tout. J'ai envie de voir son sexe. J'ai ce désir et je ne sais pas quoi en faire. Des années à le refouler. Mon sexe, le sexe, les sexes.

Un appel en absence de mon mari. Mon mari qui n'a

pas dix-huit ans. Qui a lui aussi un sexe, que j'aime mais que n'ai pas envie de mettre dans ma bouche. Je dois rentrer, je suis fatiguée. Je dois mettre mon doigt dans la cage du lapin. Je dis au revoir. Je ne lui fais pas la bise. Je ne touche pas sa peau. Sa main se pose sur la mienne.

Lapin, enlève cette main.

Je compte : Un. Deux. Si à trois il ne l'a pas retirée, je l'embrasse. Je ne pense plus. Je suspends. Je décompose son visage. Ses lèvres, sa mâchoire, son nez, son souffle. J'en fais des tableaux, des photos. J'attends.

Trois.

Je regarde les muscles de son dos se contracter. C'est grave, c'est tragique. C'est sublime. Il est comme un animal, avec son corps fin, tendu, blanc. Comme un animal qui court dans la neige. Qui chasse. Qui mue. Qui bande.

Je me déshabille devant lui. Je prends sa main et je l'attire sur le lit. Je retire son caleçon. Je mets son sexe dans ma bouche. Je lèche son gland, caresse ses testicules. Je remonte à ses tétons, les lui mordille. Je lui demande de m'embrasser le bas du ventre, de souffler sur mon clitoris, de mettre ses mains autour de mon cou, de serrer, de me pénétrer, de ne pas détourner le regard, d'aller fort et profond. J'attrape ses fesses. Je regarde nos deux bassins, le mouvement, son sexe entrer et sortir. Je trouve ça magnifique. Je suce. Je mords. Je mets mes doigts dans sa bouche. Je mets mes doigts dans son anus. Je le sens frémir de gêne et de plaisir. Je lèche son sperme. Je ne vais pas me rafraîchir dans la salle de bains. Je reste contre lui. Nos semences sèchent sur ma peau. Je suis allongée sur son corps, dos à ventre, mes fesses sur son sexe, ma tête sur son torse.

Demain, il monte dans le train, il me quitte.

Demain, il rentre chez ses parents.

Demain, il retrouve sa copine.

Demain, il disparaît.

Alors je peux lui dire. Que je suis mariée, qu'à son âge j'étais folle et que je le suis toujours, ces choses-là ne partent pas, elles évoluent, que je pourrais tuer pour ma chienne, que je pourrais tuer mon beau-père, que je pourrais tuer, que j'ai toutes ces images en moi, que j'ai un monstre dans le ventre, un lapin dans la tête, dans une cage, sur un palier, que je suis pleine de colère, que je ne suis pas saine, que j'ai peur de ce qui se trame sous ma peau, que je n'écris plus, que ça me tue à petit feu, que je me suis sentie vivante tout à l'heure, qu'il n'est rien pour moi, que j'aime mon mari, que bientôt son roman va sortir en librairie, que je veux lui faire du mal, que je vais devoir rentrer pour promener Penny, que je suis morte, que je suis bonne à enfermer, que je l'ai déjà été, que j'aimerais qu'il me baise encore, par-derrière cette fois, et que ça soit beau comme une danse, que je n'ai jamais parlé comme ça, que je veux qu'il me salisse, qu'il me griffe jusqu'au sang, que demain j'irai faire les courses aux halles, que je ne veux plus penser, juste ressentir, agir, comme un animal, que s'il veut partir, qu'il le fasse maintenant.

Je le sens rentrer en moi, dur. Il me baise par-derrière, comme je le lui ai demandé.

Demain, il monte dans le train, il me quitte.

Demain, il rentre chez ses parents.

Demain, il retrouve sa copine.

Demain, il disparaît.

Je me retourne, je veux le voir. Je l'embrasse. Ma langue trouve la sienne. Je la mords si fort qu'un bout se détache dans ma bouche. Le sang coule sur son menton. J'avale cette partie de lui. Elle va rester avec moi quand lui disparaîtra.

Un petit papillon marron vole dans la cuisine. Il se pose sur l'étagère. Mon mari dit que ce n'est pas un papillon mais une mite. Il l'écrase. Il ouvre les placards. Il soupire. Il dit Il faut finir le paquet avant d'en ouvrir un autre. Il dit On va devoir tout jeter. Il dit J'ai autre chose à faire. Son livre est sorti cette semaine, il doit répondre à une interview. Je prends un bout de sopalin et essuie la poussière de cadavre de mite. Mon mari dit Il y a des flocons d'avoine partout, c'est dégueulasse. Il dit C'est vraiment du gâchis. Il dit Tu pourrais faire attention. Il dit plein de trucs comme ça. Je quitte la cuisine. J'ai des courses à faire.

Dehors, je pleure, je frappe le mur avec mon poing.

Le poissonnier me dit qu'il faut mettre de la glace. Mais sa glace pue. Je cache ma main dans mon sac de courses. J'achète des pommes bio. Elles sont moins bonnes que les non-bio. Mais elles ne tuent pas les abeilles, les papillons. Les papillons qui sont des mites. Non, les pommes bio ne tuent pas. Il me manque cinq centimes. Je m'excuse. La marchande de légumes bio, qui me connaît, qui a été la seule des halles à me faire un compliment sur ma coupe de cheveux, qui a les mains abîmées et les dents mal alignées, qui a un rire idiot et parle toujours trop, me dit que ce n'est pas grave. Mais si c'est grave. C'est grave, madame. C'est grave. Et je sors ma main qui saigne. Je tache ma chemise. Je m'excuse. Je dis Pardon, pardon et encore pardon.

Je marche jusqu'à la sortie, j'opère un demi-tour. Je traîne mes pieds comme des poids. J'imagine mon mari remplir le sac-poubelle de tous ces paquets entamés. Les larves bouger dans les flocons d'avoine. L'espérance de vie d'une mite est de quinze jours.

Où serai-je dans quinze jours ?

Le boucher bio au visage rond et joyeux me salue. Bonjour mademoiselle, du jambon blanc en chiffonnade, cent cinquante grammes ? Il rigole. J'achète de la viande à mon mari tueur de mites. Il se vante de ne jamais consommer de viande sous vide, que du bio, que du bon. Il imagine les animaux brouter de la bonne herbe, respirer du bon air frais. Mais il n'imagine pas le pistolet à tige perforante posé sur le crâne de l'animal, pas la peur, pas la douleur. Je suis face à des steaks et à du jambon trois fois par semaine. J'achète toujours la même chose. Je sors de mon corps, sourire, je paie en carte et je dis Merci beaucoup. Je ne pense pas au cochon quand il me tend le jambon emballé dans un papier rose et blanc. Je ne pense pas sinon je m'écroule. Je ne pense pas à la mite morte, à la poussière de mite morte, à ces larves qui vont s'éveiller dans l'obscurité d'une benne à ordures. Je ne pense pas sinon je le hais. Je les hais. Je les hais tous.

Le poissonnier et le fromager me demandent si tout va bien. J'ai lâché mon sac, les pommes roulent sur le sol des halles. Je suis assise par terre. J'ai oublié d'acheter du comté et du fromage de chèvre. Bientôt je n'en mangerai plus. Bientôt je ne me nourrirai que de fruits et de légumes. Je ramasse les pommes, deux d'entre elles sont molles à l'endroit de l'impact. Je me redresse et dis Merci, tout va bien, j'ai simplement eu un vertige. Face à moi, au-dessus de la boucherie principale, un cochon est dessiné avec un sourire et le pouce levé. Je retourne chez la marchande de fruits et légumes bio et achète une botte de carottes avec fanes.

Le lapin se régale. Je glisse mon doigt dans sa cage, tente de le toucher mais ne trouve que le vide. J'attends qu'il termine ses fanes de carottes et dépose un baiser sur ses barreaux.

Mon mari s'inquiète pour ma main. Il me demande si j'ai mal. Oui, j'ai mal. Il a descendu la poubelle et a acheté des pièges à mites, disposés dans les placards et sur les étagères. Je me sers un grand verre de vin blanc que je bois assise sur le sol frais de ma cuisine. Un deuxième. Un troisième. J'entends les doigts de mon mari taper sur les touches de son clavier et je sens la fumée de sa cigarette.

Je guette les papillons. Sauvez-vous. Sauvez-moi.

Je dois me réveiller. Je dois revenir.
Je veux réessayer.
Je ne suis pas un monstre. Je ne suis pas méchante.
Qu'avez-vous fait de moi ? Le monde, les voix.
Qu'avez-vous fait de moi ?
Il fait tout noir là où je suis.
Réveillez-moi.
Réveillez-moi dans un monde où je n'ai pas de sang dans les yeux.

Il me dit que le corps a été retrouvé ce matin. Il me dit C'est fou, je lui ai parlé hier. Il me dit qu'il s'agit sûrement d'un accident. Il y avait une bouteille de vin vide sur son balcon. Il me prend dans ses bras. Il retournera bientôt à son bureau. Sa mère appellera sur son portable, il lui racontera le corps sans vie retrouvé à l'aube. Tu te rends compte, hier soir elle était… et ce matin…, avant de passer aux bonnes nouvelles : une traduction en italien. Nous partirons en Italie au printemps, un festival du livre à Crémone, de l'Apérol et des antipasti. Nicole rêve d'aller à Venise. Elle demandera à son fils si nous reviendrons bientôt les voir. Elle s'est mise à la cuisine végétarienne.

Nous irons cet après-midi au commissariat répondre aux questions des policiers.

Nous ne connaissions pas bien notre voisine, Mme Lenoir. Elle avait un fils, parlait fort, ne recevait pas de visites, elle adorait les frites, la salade de carottes, fumait des Marlboro rouges et buvait beaucoup de mauvais vin.

Pendant ce temps, la nouvelle se répandra.

Ils s'émouvront de la mort de ma voisine, de son corps sec et froid, de la tache de sang à nettoyer. L'histoire les occupera pour la journée. Est-ce qu'elle a sauté ? Mais Mme Lenoir n'était pas suicidaire. Ah, ça non ! Ils se souviendront de la petite croix autour de son cou. De son fils. Ah ça, elle l'aimait, son fils ! Une mère ne laisse pas son enfant. Est-ce qu'elle a glissé ? La pauvre femme avait un penchant pour l'alcool. Elle ne s'en cachait pas, la caisse de bouteilles vides était toujours remplie. Des fêtes ? Une vie sociale ? Jamais personne ! Aucun homme dans sa vie. Ah ! la solitude peut rendre fou ! Il faut dire qu'elle ne prenait pas soin d'elle. Au moins quatre centimètres de racines blanches. C'est pourtant pas compliqué de se faire une couleur. C'est un cercle vicieux. Si personne n'est là pour nous regarder, on se laisse aller. Et après, tout fout le camp. Une crise de somnambulisme ? Mais non, voyons ! Elle fumait sa dernière cigarette, le cendrier était plein. Ah, parce qu'elle fumait comme un pompier ! Si ça n'avait pas été la maladresse qui l'avait tuée, ç'aurait été le cancer.

Demain, ils passeront tous à autre chose. Le corps de ma voisine sera loin. L'enterrement aura lieu samedi. L'église sera remplie d'inconnus. De ceux qui parlent sans connaître, qui se nourrissent de la mort, de ceux qui sont là par devoir, qui n'ont rien de mieux à faire, qui diront Il faut profiter de la vie, avant de rentrer à la maison et d'allumer la télé.

Le policier me demande si ça va. Mon mari répond que je suis sensible.

Le policier nous demande ce que nous avons fait hier soir.

Hier soir, j'ai mis la main dans la cage et le lapin n'est pas venu. Son petit corps en boule n'a pas bougé. Alors j'ai ouvert la cage. Ses yeux noirs n'ont pas cillé. J'ai pris son petit corps, je l'ai mis sous mon pull pour le réchauffer, pour lui dire que je l'aimais. Je l'ai serré fort. Mais le lapin ne s'est pas réveillé. Je lui ai demandé pardon. Infiniment pardon. J'ai été égoïste. Je me disais feu, mais j'étais froide. Comme mon monde est cruel. L'insensibilité, c'est elle le monstre. Je l'ai gardé plusieurs minutes contre moi. J'ai rêvé son souffle sur ma peau. J'ai embrassé son museau pour la première fois avant de le remettre dans sa cage, Tu es libre, à présent. J'ai entendu la télé dans l'appartement de ma voisine. Je suis remontée chez moi. Penny m'a accueillie avec tout son amour. J'ai pleuré avec elle. Mon mari m'a demandé si tout allait bien. J'ai dit oui. J'ai dit Je vais descendre Penny.

La voisine était sur sa terrasse avec sa bouteille et son paquet de cigarettes. À côté d'elle, dans la cage, le cadavre du lapin.

Penny a tenu à faire trois fois le tour du quartier, pour que je respire, que je me calme.

J'ai espéré en montant l'escalier entendre du bruit dans la cage. Quand j'ai franchi la dernière marche, le lapin était là où je l'avais posé. La vie n'était plus à cet étage. Ma voisine était toujours sur sa terrasse, toujours sur son téléphone, sa queue-de-cheval filasse, son corps maigre et laid accoudé à la rambarde, son verre de vin blanc en équilibre sur la barre de fer, tout était là. Je suis restée quelques minutes, dans l'immobilité la plus totale. J'ai retenu ma respiration. Le temps n'était plus le même. Le temps était celui du petit corps dans la cage. J'ai senti la colère me prendre tout entière. J'ai éprouvé chaque partie de mon corps, de mes muscles, de mon sang, de mes os.

Tu es libre, à présent.

Quand les minutes ont repris leur pouvoir, le corps de ma voisine gisait trois étages plus bas. Une mare rouge s'est formée dans la nuit. Aucun bruit. Son verre toujours en équilibre sur la barre en fer. Penny, assise à côté de la cage, me fixait. Tout était calme, parfait. J'ai mis une dernière fois le doigt dans la cage. J'ai caressé ma chienne et nous sommes rentrées chez nous.

Mon mari était dans la cuisine, finissait de préparer le dîner. Penny s'est empressée de se coucher sous la table basse. J'ai branché mon téléphone à l'enceinte, la musique a jailli et je me suis mise à danser.

— Hier soir ? Rien de spécial, inspecteur. Nous avons dîné vers vingt-deux heures, quand ma femme est rentrée de son cours de sport. Nous avons regardé un film puis nous nous sommes couchés.

Personne ne parlera du lapin.

Personne.

Le lapin n'aura pas d'enterrement. Le lapin sera l'oublié de l'histoire. Un lapin, c'est mignon mais ça ne sert à rien. Le lapin, ça se mange. Alors que Mme Lenoir cuvera dans son cercueil, le lapin se décomposera dans une poubelle. Et tout ira bien. Les halles, les étals des bouchers, les abats, les corps dépecés, la profusion. Un lapin de plus ou de moins. En civet, c'est excellent. C'était le plat préféré de ma grand-mère. Aux olives, c'est très bon aussi, conseillera le volailler. La chair est fine, vous verrez. Les clients rigoleront, sortiront la carte bleue, rempliront les sacs. Avant de se mettre au volant, aux fourneaux, à table, de se resservir, de mettre les restes dans des petites boîtes, ça fera le déjeuner du lendemain, mais qu'est-ce qu'on va manger demain soir ?

Le policier nous remercie pour notre aide avant de nous reconduire vers la sortie.

Quand nous arrivons chez nous, la porte d'entrée de l'immeuble est grande ouverte, la cage du lapin, vide, est à côté de la poubelle, je la prends. Mon mari me demande pourquoi. Je ne lui réponds pas.

Le lendemain, j'adopte un lapin.

L'appartement du dessous a été acheté par un couple de Parisiens le jour de sa mise en vente.

Elle est enceinte de sept mois. Elle caresse son ventre sur mon palier, me propose de venir boire un thé chez eux demain. En ce moment, toutes les boissons qui ne contiennent pas au minimum dix degrés d'alcool sont bannies de mon organisme. Elle a les cheveux longs, épais, qui tombent sur sa poitrine ronde. J'ai lu que les hormones activaient la pousse des cheveux. À l'accouchement, elle perdra tout ce qu'elle a gagné. Elle me demande si le fleuriste en face est sympa. Je réponds oui. Si le caviste n'est pas trop cher. Je réponds non. J'ajoute que tout ici est moins cher qu'à Paris. J'imagine que c'est la raison de leur déménagement. Elle m'explique avec un grand sourire que je me trompe. L'argent n'est pas le problème. Ils voulaient la campagne, l'air pur, aller se balader en bord de Loire avec l'enfant, des circuits courts, tout pouvoir faire à vélo, en bref une vie plus saine. Elle continue de caresser son énorme ventre. Pourquoi me demander si le caviste n'est pas trop cher si l'argent n'est pas le problème ? Pourquoi sonner à ma porte si elle recherche une vie plus saine ? J'ai horreur des Parisiens qui pensent qu'ici c'est la campagne. Ici, c'est une ville, avec des bars, des halles, deux Starbucks, deux cinémas. Province ne veut pas dire campagne. Province ne veut pas dire vie saine. Province ne veut pas dire bonheur, enfant, vélo et bio. Elle a le même discours que tous ceux que j'ai laissés derrière moi. Tous ceux qui pensaient que la seule raison de quitter Paris était de vivre dans une ferme entourée de rien, de poules, de fruits et d'enfants.

Elle me demande si je vais souvent à Paris. Oui, toutes les semaines. Par toutes les semaines, j'entends plus jamais, j'entends c'est trop dur, c'est le regret, c'est la colère, c'est J'ai envie de tous les buter. Elle me demande si j'ai gardé un pied-à-terre à Paris. Là, j'ai envie d'enfoncer sa tête sous terre. Je dis non. Je dis Je dors chez une amie.

J'ai laissé ma seule amie derrière l'écran de mon téléphone. Il m'était insupportable de l'entendre me raconter l'avancée des travaux de sa maison à Neuilly, la naissance de son fils, son prochain rôle au cinéma. La dernière image que j'ai d'elle est celle de sa poitrine, en forme de poire avec les mamelons clairs et dilatés, et de l'enfant à son sein. Je suis dans son salon, assise sur son canapé en velours, pieds nus, le tapis est doux. Elle me prend la main, me demande si je suis heureuse. J'observe sa poitrine. L'enfant tète depuis plus de vingt minutes. Sa main caresse l'autre sein de mon amie. Le geste me dérange. Je visualise ma chienne en train de lécher mes culottes sales quand je suis dans la baignoire et je souris.

— Qu'est-ce qui te fait sourire ?

— Rien, je vous trouve beaux tous les deux.

Depuis, je n'ai plus d'amis.

La femme qui touche son ventre reprendra sûrement le travail après son congé maternité. Son mec aussi a posé un congé. Ils veulent se consacrer à l'enfant. Elle parle de télétravail et je m'en fous. Elle me parle de l'enfant et je m'en fous. Elle n'est pas intéressante. Elle est gentille, elle a de beaux cheveux et elle ne laissera pas le lapin qu'elle n'a pas mourir seul dans le froid, mais elle n'est pas intéressante. Elle finit par me demander ce que je fais dans la vie.

Feu en moi.

Si seulement il me poussait à écrire, à prendre ma revanche.

Non, il va rester en moi, brûler en moi. Me consumera jusqu'à l'os.

Et je mourrai seule, en colère et en province.

Un couple d'écrivains comme voisins, incroyable ! Elle va pouvoir le raconter à ses copines, une raison de plus de venir vivre ici. *Les artistes ne vivent pas tous à Paris, je vous l'avais dit, les filles.* Elle s'empressera de taper mon nom sur Google à la seconde où elle aura quitté mon palier. Elle m'annonce être au courant pour l'ancienne propriétaire de leur appartement. Elle laisse un silence pour témoigner de sa tristesse. Elle a mis des fleurs sur la rambarde, là où le verre de blanc. Un olivier, là où la cage. Un canapé et une table basse là où je m'asseyais. À quel stade de décomposition se trouve le corps ? Je l'imagine tous les soirs avant de m'endormir.

Mon mari me reproche mes longues absences, ces moments où je ne suis plus derrière mes yeux. La vérité, c'est que je suis folle, pour lui et tous les autres. Je ne parviens plus à prendre part au quotidien. À trouver du sens à ce monde qui massacre par plaisir. Ma voisine a tué le lapin alors je l'ai tuée. J'ai agi par nécessité. Il le fallait. Je m'attendais à me perdre dans la pénombre. Mais les lendemains, le soleil s'est levé, j'ai adopté un lapin à qui il manque une oreille et tout a recommencé. Je suis allée aux halles, des commerçants m'ont souri, appelée par mon prénom. Tuer n'enlève pas les prénoms. J'ai cuisiné. Couper des légumes sur la planche en bois ne m'a pas rappelé le corps sur le béton. J'ai rendu l'appartement propre et beau. Tuer n'enlève pas la beauté. Je pensais que mon mari allait disparaître, mangé par l'obscurité. Mais son visage demeure. Ses Je t'aime. Ses caresses. Tout a continué. Tuer ne m'a rien enlevé. Tuer ne change rien.

Je suis sur le palier en compagnie de cette femme qui touche ce ventre. Elle me regarde comme si j'étais sa nouvelle meilleure amie. Grâce à moi, elle a l'appartement de ses rêves. Je la félicite pour l'aménagement de sa terrasse. Je vais retrouver Penny et Lapin.

Tuer ne m'a pas tuée.

À dix-sept ans, elle tue son chihuahua en le passant au sèche-linge. Une jument a été retrouvée morte, un objet de plusieurs dizaines de centimètres introduit dans le vagin. Un zoophile sera jugé pour avoir violé son chat jusqu'à ce que mort s'ensuive. Un homme est condamné pour avoir eu des relations sexuelles avec une poule. Il s'est filmé en train de dépecer son chat. Un homme crée un refuge pour animaux afin de pouvoir violer des chiens. Une assistante vétérinaire a assassiné sa petite fille de six ans en utilisant un produit euthanasiant pour animaux. Un homme a forcé le chien de la famille à faire un cunnilingus à sa belle-fille, âgée de quinze ans.

J'ai poussé une femme dans le vide.

On est passés à la librairie avant de poser nos affaires à l'hôtel.

La libraire s'appelle Charlotte. Elle est minuscule, a le visage rond, une bouche en cœur, une forte poitrine, beaucoup d'humour d'après mon mari. Elle pourrait lui plaire. Il adore les petites rigolotes. Tout ce que je ne suis pas. Elle a encensé son roman sur les réseaux sociaux, elle a collé un cœur sur la couverture, a posté la photo sur son mur. Elle n'a lu aucun de mes romans, s'en excuse, avant de recommencer à parler à mon mari. Sa petite langue, je la lui arracherais bien, je la donnerais bien à manger à Penny. Mais Penny n'aime pas la viande crue.

Ils discutent comme ça pendant près d'une heure sans se soucier de moi. Elle touche cinq fois le bras de mon mari. Je décèle un morceau de salade entre ses incisives centrale et latérale. Je finis par m'asseoir par terre dans un coin de la librairie, Penny et Lapin dans sa cage avec moi. J'écoute, adossée au rayon des R et des S, la conversation. Je me sens jeune dans mon ennui. Charlotte félicite mon mari, elle croisera les doigts pour les prix littéraires. Avant, je serais sortie pour dissimuler le feu dans mon ventre. Je constate mon indifférence, je ne m'en inquiète pas.

Mon mari énumère les rencontres en librairie à venir. Un papier dans *Le Monde des livres*, un autre dans *Elle*, une colonne dans *Le Figaro*, huit chroniques sur des blogs littéraires, deux minutes dans *Le Masque et la Plume*, des adjectifs comme jouissif, brillant, prodigieux, deux plateaux télévisés se battent pour l'exclusivité, des salons littéraires aux quatre coins de la France, une traduction en italien, la version poche signée, sur la liste de deux prix littéraires, une première réimpression, l'éditeur dit que ce n'est qu'un début.

Ce n'est qu'un début. Cette phrase résonne en moi.

Mon mari a demandé qu'on nous réserve une chambre dans un hôtel qui accepte les lapins et les chiens. Il me demande si je veux assister à sa rencontre. Je m'imagine assise au fond, à côté d'une femme à lunettes. La petite librairie sera pleine. Certains retardataires ne trouveront pas de chaise, resteront debout, leur manteau à la main. La libraire présentera l'écrivain, son œuvre, son dernier roman. Elle serrera le livre contre sa poitrine, le tendra à l'assemblée pour que chacun puisse admirer sa couverture. Mon mari prendra son air modeste. Je caresserai Penny sous ma chaise. Ils commenceront à échanger autour du parcours de l'écrivain, ses rituels d'écriture, son rapport à la littérature. Je m'efforcerai de sourire. Viendra le moment de parler de moi, sa femme, celle qui a été publiée à vingt ans. Celle qui écrit avec ses tripes, celle qu'il admire. Il fera un geste de la tête pour leur faire comprendre que je suis là, quelque part. Je baisserai les yeux. La libraire reprendra la parole, recentrera l'attention sur l'écrivain et son livre. Mon mari se lèvera pour lire un passage, un deuxième, un troisième. La femme à lunettes applaudira, suivie de quelques autres. Le public s'apprêtera à poser ses questions. J'attendrai la fin. Mais la fin ne sera pas la fin. Il y aura les cacahuètes, J'ai adoré votre roman, le cidre, Vous êtes sur le prochain ?, le jus de fruits et les tomates cerises. J'irai patienter dehors.

— Alors, tu viens à la rencontre ?

Je réponds à mon mari que non, que j'en ai marre du cidre, que je préfère rester avec les animaux. Il n'insiste pas, il ne soupire pas. Il ne me dit pas que cette histoire de lapin est une erreur, il ne me dit pas que je suis folle, il ne me demande pas si je vais bien, il ne lève pas les yeux au ciel, il ne m'envoie pas chez le psy, il ne cherche pas à comprendre, à faire revenir ma raison. Non, parce qu'il sait qu'elle est loin. Parce qu'il m'aime. Et m'aimer, c'est me laisser en peignoir blanc dans cette chambre, c'est accepter d'emmener les animaux en week-end, c'est ne pas me juger. Il m'embrasse, me murmure À tout à l'heure, sort.

Combien de temps va-t-il m'aimer encore ?

J'ouvre la cage. Lapin ne sort pas. La bénévole du refuge m'a expliqué que le fils de l'ancien propriétaire lui a coupé l'oreille avec une paire de ciseaux parce qu'il le trouvait plus mignon comme ça. Il a dit à son père que l'oreille allait repousser. Alors le père a abandonné le lapin. Pas le fils, le lapin. Elle a refusé de me communiquer l'identité de ce propriétaire.

Dans les livres, les écrivains racontent des histoires de meurtres. Les polars, c'est ce qui se vend le mieux, m'avait affirmé je ne sais plus qui. Les gens aiment le noir, le suspense, le frisson, deviner qui a tué, qui est le prochain sur la liste. Les livres, c'est tout ce que la vie n'offre pas, ne permet pas. Si j'avais trouvé le fils du propriétaire, je lui aurais coupé un membre. Dans un livre, ce serait autorisé, ce serait jouissif. Dans la vie, je vais en prison, je suis un monstre, on ne touche pas aux enfants.

Je regarde l'ordinateur posé sur le lit. Je ne veux pas taper sur les touches. Je ne veux pas sublimer. Je ne veux pas raconter. Je ne veux pas imaginer.

L'écriture est devenue toute petite.

Lapin sort de la cage. Il s'approche de Penny, se recroqueville contre son ventre.

Je n'ai jamais rien vu d'aussi beau.

Mon éditeur m'a laissé un message. Il me propose un déjeuner à Paris pour parler de mon prochain roman. Il a peut-être une idée. Ce qui m'a fait écouter mes autres messages. Un de mon père du mois dernier.

Je ne parle pas de mon père parce que mon père n'existe pas. Parce que mon père est vieux. Que sa vieillesse me dégoûte. Qu'il n'occupe plus de place dans ma vie. Un coup de fil tous les trois mois. Un rendez-vous dans la brasserie en face de la gare. Quelques bols de bretzels. Des malaises. Des silences. Alors il comble, je comble. J'attends la fin. La fois d'après, il annule. La fois d'encore après, c'est moi. Il me demande comment je vais. Si j'ai des nouvelles de ma mère. Me dit qu'il s'inquiète pour elle, qu'elle ne répond plus à ses appels.

Je ne parle pas de ma mère. Je ne me fous pas de ma mère. C'est sérieux et profond l'amour pour une mère. C'est compliqué aussi, surtout.

Dans mon premier roman, je raconte l'histoire d'une fille internée en hôpital psychiatrique, sa mère crie beaucoup et passe l'aspirateur plusieurs fois par jour. Dans mon deuxième, l'héroïne est une femme malheureuse et en colère, une mère excessive, qui aime trop et mal. Ma mère n'est pas venue à la soirée de lancement du livre. Mon père a dit qu'elle s'était sentie trahie. J'ai répondu que c'était un roman, que ce n'était pas la vérité. On savait lui et moi que c'était faux. J'ai essayé de l'appeler, je l'ai imaginée assise sur le tapis de sa chambre à regarder ma photo s'afficher sur son écran. Elle n'a pas répondu et moi je ne l'ai pas rappelée. Il n'y a pas eu de dispute. On a cessé de se parler. J'ai choisi l'écriture, ma liberté. Ma mère a choisi sa haine et le silence. Mon père a continué à m'appeler pour se plaindre, il me reprochait mon égoïsme, il disait Ta mère est folle, Ta mère j'en peux plus, Appelle ta mère, Essaye d'arranger les choses, C'est de pire en pire. Puis le divorce. J'ai été triste un jour ou deux et c'est passé. J'ai écrit mon troisième, mon quatrième, mon cinquième roman. C'était tout ce qui m'importait.

Je ne parle pas de ma mère mais un matin, je prends le train, puis le bus, et je marche pour aller la voir. Parce que son visage commence à s'effacer, sa voix, son odeur, et j'ai peur. Parce que le regret, c'est pire que tout et que je n'en veux aucun.

Ma mère a hérité de la maison de ses parents. Après le divorce, elle est partie s'y enterrer. Elle a décidé de disparaître à son tour. De disparaître pour le monde, celui dont je faisais partie. Le village est plus petit que dans mes souvenirs. Mes grands-parents se plaisaient ici, dans leur maison en pierre, avec leur chat, le potager, la forêt où j'allais cueillir de la bruyère avec ma grand-mère. La maison aussi est plus petite. Je me demande si la femme à l'intérieur a gardé le visage de ma mère, son odeur, sa voix. Je sonne à la porte. Je m'attends à retrouver une vieille femme, mais quand ma mère ouvre elle est juste ma mère. Je me rends compte que l'éternité qui nous sépare n'a pas dix ans. Elle porte un jean, un gros pull gris, les cheveux attachés comme avant. Elle ne s'est pas maquillée. Elle me laisse entrer. Elle a refait le sol, cassé quelques murs. Je lui dis que c'est beau, comme si de rien était. Comme si nous nous étions quittées hier. Elle sort une bouteille de muscadet du frigo, nous sert deux verres. Elle attend que je commence. Mais je n'ai pas envie de parler. Je bois. Je bois encore. On finit par rire. Je lui montre une photo de Penny, elle me présente l'âne dans son jardin. Elle a toujours aimé les animaux. Je lui montre une photo de mon mari, elle de la femme qu'elle voit tous les jeudis. Je lui demande si ça a toujours été les femmes. Elle me ressert du vin. Et on boit comme ça, presque comme avant.

Mon père finit son message par À bientôt j'espère.

J'efface.

Ma mère a un âne et une femme le jeudi. Mon père est vieux et mange des bretzels.

Qu'on me foute la paix.

Le message suivant est de ma psy. Elle s'inquiète de mon silence. Puis ma banquière, Mme Jean. Je n'écris plus, je n'ai donc plus de rentrées d'argent. Mon mari paie le loyer, les courses. Son livre a dépassé les vingt mille exemplaires. Son éditeur ne cesse de lui répéter que ce n'est qu'un début. Quand est-ce que le début va s'arrêter ? Le mien me proposerait bien un à-valoir pour ce roman sur mon mari dont il me parlera à ce déjeuner. Je n'irai pas à ce déjeuner. Ce livre ne viendra jamais.

Je pourrais écrire sur la vie des autres, à la troisième personne, mais ça m'ennuie.

Je pourrais devenir serveuse, fleuriste, faire une formation, aller voir une femme qui évaluera mes compétences, mes options. Mais non.

Je pourrais rappeler mes contacts dans la mode mais, dans ce milieu, quand tu quittes Paris, tu perds toute valeur. Je les déteste tous.

Je pourrais prendre rendez-vous avec mon agent, faire semblant d'aller bien, lui dire que je suis sur plusieurs projets, une biographie, un roman, deux scénarios. Mon agent qui n'a lu aucun de mes romans mais qui espère que mon prochain sera plus joyeux que les précédents. Mon agent qui lors d'un déjeuner a écouté le directeur image d'une marque de luxe me confondre avec *l'anorexique en colère qui a écrit un bouquin sur le milieu de la mode. Je suis désolé, Pierre, mais on ne va plus pouvoir bosser avec elle. C'est mauvais pour notre image.* Quand il m'en a parlé, je lui ai expliqué que ce n'était pas de mon livre qu'il s'agissait mais de celui d'une autre, d'un témoignage. Il n'a rien répondu. Il n'a pas rappelé le directeur image pour rectifier l'erreur. Il a laissé couler, a oublié. Mon agent qui me dit que la coupe garçonne me va bien, que je fais vraiment écrivaine parisienne maintenant. Sauf que je n'écris plus. Sauf que je ne vis plus à Paris. Mon agent qui soupire, il a regardé mon compte Instagram, je n'ai rien posté depuis six mois, il me répète que le nombre de *followers* est déterminant dans ce milieu. Mon agent qui m'appelle mon cœur avec un chewing-gum dans la bouche, qui dit Excuse-moi, je dois prendre cet appel.

Je pourrais faire beaucoup de choses mais je ne ferai rien, je n'appellerai personne.

Je n'écris plus, j'ai tué quelqu'un, je ne vais pas bien.

Et j'ai envie de continuer sur ma lancée.

La femme qui touche son ventre se fait couler un bain. Je visualise ses seins et son ventre dépasser de la mousse. Je sens son shampoing. Une odeur de fleurs, de propre. Le soir, je l'entends se brosser les dents, remplir sa bouche d'eau, cracher dans le lavabo. J'appuie avec mes doigts sur mes oreilles. Je trouve alors le calme, bercée par mon propre sang. Mon mari n'entend rien. Il dit T'exagères. Il dit Ils ont le droit de vivre. Il dit Elle a l'air sympa, vous pourriez être amies, puis il me regarde et il éclate de rire. Ma voisine morte ne se brossait pas les dents. Elles étaient jaunes et sa salle de bains était silencieuse. Je pense à elle, à son corps. Les bactéries responsables de la putréfaction rendent les tissus verts. Je vois ma voisine verte la nuit. Le lapin aussi est devenu vert. Je l'aperçois sur la terrasse, il n'est plus dans sa cage. J'achète des carottes. J'en laisse une sur la rambarde, je murmure Tiens c'est pour toi. La femme qui touche son ventre me soupçonne. Elle en a parlé à son mari l'autre soir. Elle a dit Je veux qu'elle arrête de laisser des carottes sur ma terrasse. Elle a dit Elle est bizarre, je trouve. T'as vu son lapin, il lui manque une oreille.

Je tremble beaucoup. J'utilise mon vibromasseur plusieurs fois par jour. Je l'appelle Bribri, comme un petit colibri. Je monte l'intensité au dernier niveau. J'aime quand c'est rapide, quand ça explose fort. Je jouis, me calme. Mon sexe continue de pulser. J'imagine ma voisine dans la pièce en dessous. Je crie pour elle.

C'est une étrange sensation, la mort. Les rues et les lumières de la ville sont inchangées. Les autres avancent sur le béton, avec leurs corps béton, leurs gestes béton. Je me faufile entre eux. Je ne fais plus partie d'eux. Je me refuse à parler de meurtre. Le meurtre, c'est prendre parti. C'est la loi. C'est les autres.

La nuit, je rêve du chemin de terre battue, de la forêt. J'entends le cri d'un loup.

J'ouvre les yeux. Dehors il fait jour. Je dis Tu viens ? Mon mari se réveille, vient. Sa peau est moite. Il me dit Je t'aime. Moi aussi je l'aime. Il me serre les hanches, pince ma peau. Il jouit. J'embrasse son épaule. Il se retire. Je laisse couler ce qu'il me reste de ce moment sur les draps. Je vais faire une lessive.

Je sors courir avec Penny. Des enfants s'amusent avec des bouts de bois sur la Loire. Des parents discutent. Des chiens se baignent. Des hommes et des femmes de mon âge empilent des canettes de 8.6 assis sur un banc. J'aurais pu devenir l'une des leurs. S'il n'y avait pas eu l'écriture, mon mari, je serais sur ce banc avec les dents marron, le ventre gonflé, et je gueulerais à tous ceux qui me regardent avec pitié d'aller crever. J'allume RunKeeper. Après quatre kilomètres, j'entends les grenouilles et les oiseaux. Les mauvaises herbes ont poussé, les orties me piquent. Je sens par moments la langue de Penny sur mon mollet. Je dis Allez, bébé. On s'arrête au bout du chemin de terre battue. Penny a peur, refuse d'aller plus loin. Je dis Allez, bébé. À nouveau le cri. Je murmure Un loup, un loup. Mon mari se moque de moi : il n'y a pas de loups ici. Mais si moi je les vois ? Si moi j'y crois ? Demi-tour. Je n'écoute plus de musique mais la respiration de ma chienne. À nouveau les grenouilles. Un type s'est installé pour pêcher. À nouveau les enfants, les chiens dans l'eau et les canettes de 8.6. RunKeeper dit une heure, onze kilomètres neuf, cinq minutes et cinq secondes par kilomètre. Je lèche la sueur au-dessus de mes lèvres. Enlève mon tee-shirt, essuie mon visage. Penny a soif. Encore cinq minutes, bébé. Je rentre chez la fleuriste. Je demande beaucoup de feuillage à Véro. À la maison, je mets de l'eau dans les vases, puis le feuillage. Je suis dans ma cuisine, dans ma forêt. Je prépare le dîner. Je me coupe le bout du doigt. J'allume le four. Je bois du vin, je propose à ma voisine morte et verte de se joindre à moi. Je laisse des traces de sang sur le verre. J'attends que le chou-fleur dore. Mon mari entre dans la cuisine. Mon doigt l'effraie. Il va chercher le désinfectant, la boîte de pansements. Il me demande ce qu'il peut faire pour m'aider. Je dis Rien, c'est bon, le dîner est presque prêt. Il ne parle pas de ça. Une larme coule sur sa joue. Je la prends dans ma bouche. Je colle ma peau à la sienne. J'entends les oiseaux. Je marche sur l'herbe mouillée, m'y allonge avec mon mari. On est bien, non ? Je pose ma main sur la sienne. Je n'entends pas la sonnerie du four mais le hurlement d'un loup. Je murmure Ne bouge pas et écoute. On reste jusqu'à ce que la nuit tombe, que les oiseaux retrouvent leur nid, que Penny lèche mon bras.

De la fumée sort du four. Mon mari se redresse. On quitte la forêt. J'ai des œufs dans le placard, je vais préparer une omelette. Il dit Une omelette, c'est parfait. Il m'embrasse sur le front et retourne à son bureau. La femme qui touche son ventre appelle son mari, le film commence. Je casse les œufs, répète, plus doucement, à moi-même et au monde, Le film commence, le film commence, et je casse les œufs.

On inculque aux enfants que chaque matin sert à construire le suivant. Qu'il faut avancer. Se tenir droit. Avoir de bons résultats. De l'ambition. Le bonheur comme absolu. Dire merci. Dire bonjour. Dire au revoir. Dire bonne nuit. Qu'il faut être sage, gentil, intelligent. Qu'il ne faut pas blesser, tuer. Qu'il faut garder espoir. Que la vie est un cadeau magnifique. Qu'il faut profiter de chaque instant.

J'ai été enfant, un matin.

J'ai connu la douleur de ceux qui n'ouvrent pas les yeux au bon endroit.

Le monde est mal fait, ou je suis mal faite pour ce monde.

J'aurais aimé qu'on me parle de la haine. De la bête qui ronge. De la guerre. Du désespoir. J'aurais aimé qu'on me donne des armes. Qu'on ne m'enferme pas dans des cliniques où les gens se font du mal. J'aurais aimé qu'on m'accepte. Qu'on ne m'étouffe pas sous des couches de politesse, de normes, d'idéaux. J'aurais aimé naître dans la forêt au milieu des loups. Là où le mensonge, l'argent, la reconnaissance, la cruauté n'existent pas.

On inculque aux enfants que chaque matin sert à construire le suivant.

Ce matin, les deux petites barres roses me racontent que j'ai un bébé-loup dans le ventre.

Penny a été la première à le sentir.

Mon mari m'a fait remarquer que son comportement avait changé. Elle avait la tête posée sur mon ventre. Elle m'a regardée et j'ai su que nous allions être mère.

J'ai passé la journée à appuyer sur mon ventre. La vie doit disparaître. La rivière triste qui coule en moi doit la faire sortir. J'ai trop de haine. Il naîtrait sans bouche, sans tête, sans cœur. Il lui manquerait quelque chose. Si nous étions dans la forêt, les choses seraient différentes. Mais nous sommes dans la ville, celle où j'ai tué. Le corps d'une femme pourrit sous mes mains. Je ne peux pas être mère. Penny, je ne veux pas être mère. Alors j'appuie. J'appuie encore, plus fort. Jusqu'à me couper le souffle. Jusqu'à m'évanouir. Quand je me réveille, le visage de mon mari est au-dessus du mien. Il n'a jamais voulu d'enfant. Mais s'il savait, tout changerait. Je ne me pose pas la question du père. Lui, Danseur ou le monstre, peu importe. S'il y a père, il y a mère. Je ne me pose pas de questions. Je n'enfanterai pas. Je l'étoufferai de l'intérieur. Seule, sans l'aide de personne.

Mon mari ne saura rien. Je lui dis Ça va. Je lui dis Je suis fatiguée, je vais me reposer. Il a son regard inquiet. Celui que j'ai souvent cherché. Ces nuits où je m'arrêtais de respirer pour que le silence le réveille, espérant qu'il m'aime assez pour ramener la vie à l'intérieur.

La vie grandit aujourd'hui et c'est la mort que je veux.

J'entends la porte d'entrée claquer. Il fera l'aller-retour dans la journée. Je traîne mon corps jusqu'au lit. J'attends que le sang coule le long de mes cuisses. Je regarde une vidéo dans laquelle un homme saute à pieds joints sur son chien, le roue de coups, le balance contre un mur. Instagram me suggère une suite de photos de fœtus de veaux retrouvés dans les entrailles de leurs mères à l'abattoir, les images ont été prises par un employé au bord du suicide. Je scrolle et trouve un chevreuil qui tente désespérément de traverser une rivière, une horde de chiens à ses trousses et, derrière, des chevaux montés par les chasseurs. Le taureau, lui, est déjà mort, une lance plantée dans le cou, le toréador pose à côté de son trophée. Je m'achève avec le renard pendu à un panneau de signalisation sur lequel on peut lire *On aura votre peau.*

Le sang ne coule pas au bon endroit.

Regarde, bébé-loup, regarde le monde dans lequel tu t'apprêtes à vivre.

J'entends la voix de la femme qui touche son ventre, elle a mis le téléphone sur haut-parleur. Son amie lui demande si elle a des idées de prénoms. Elle pense que le prénom influe sur la personne que l'on devient. Mais le plus important, c'est le signe astrologique. La femme qui touche son ventre est Cancer. Son mari est Sagittaire, elle adore les Sagittaire. L'enfant sera Bélier. Ils ne veulent pas connaître le sexe. Ce sera Maurice si c'est un garçon. Colette si c'est une fille.

Sauve-toi, bébé-loup.

Fuis ce monde où les femmes parlent astrologie, où les vieux prénoms reviennent à la mode, où la corrida est un jeu, où les gens redoutent l'enfer, où les hommes violent et ne sont pas punis, où l'on pleure devant un film au lieu de s'émouvoir de la réalité, où les hommes ont décidé qu'ils étaient des dieux. Fuis, envole-toi au pays de ceux qui n'ont pas souffert.

Si je dois être mère un instant, ce sera là que tu partiras.

Je cours avec Penny le mardi, le mercredi, le vendredi et le dimanche.

Je vais à la salle le lundi, le jeudi et le samedi.

Je vais faire les courses aux halles, je ne souris plus.

Je ne regarde plus personne. Je fixe un point et m'y tiens.

Je nourris Lapin, ne parviens pas à le caresser, il préfère Penny.

Je cuisine. Je dîne avec mon mari. Je ne dors pas. Je bois du vin.

Je structure. Je m'empêche.

Voilà.

Depuis les deux petits traits roses, j'ai couru près de cent kilomètres. Je suis allée à tous les cours de BodyCombat. J'ai porté des poids, des barres sur mon dos. J'ai tenu six minutes à la planche. J'ai fait du vélo dans le noir avec des lumières roses, vertes, bleues et violettes, de la musique nulle à fond et un professeur de vingt ans qui hurlait dans son micro Allez, on tient ! On lâche rien ! J'ai testé ce nouveau cours qui s'appelle Sprint, le coach m'a dit que j'allais cracher mes poumons. Moi, c'est bébé-loup que je voulais cracher. J'ai pensé qu'avec tous ces efforts il allait s'en aller. Que mon legging de sport allait devenir rouge et chaud. Mais bébé-loup ne part pas. Bébé-loup adore le Sprint. Bébé-loup m'aime, je sens ses crocs grandir dans mon utérus.

Je rentre épuisée. Je prends des bains qui brûlent ma peau. Je mange des piments qui font pleurer mes yeux. Je laisse pousser mes ongles comme des griffes. Mon mari regarde la folie s'étendre sur moi. Il me parle doucement pour ne pas faire disparaître le dernier morceau de sa femme. Il me caresse l'intérieur des avant-bras pour s'assurer que la vie circule en moi. Il s'accroche à la promesse du printemps. J'ai cru que notre amour suffirait. Mais c'était avant, et maintenant j'attends le printemps avec la certitude de ne pas tenir jusque-là.

La femme qui touche son ventre m'explique que je devrais me mettre au Pilates, que tous ces cours de BodyMachin ne servent pas à grand-chose, si ce n'est à me fatiguer. Que le Pilates, c'est bien plus qu'un simple sport, qu'il ne s'agit pas d'un effet de mode mais d'une vraie discipline, d'une façon de concevoir la vie. Je ne pense pas que nous ayons la même conception de la vie. Pourquoi je reste là ? Pourquoi une femme comme elle parle à une femme comme moi ? Pourquoi personne ne vient me chercher avec la camisole, les menottes, la corde ? Pourquoi je ne prends pas de rendez-vous à la clinique qui aspire les bébés-loups ?

Le fantôme du lapin vert saute sur mes genoux. Je le caresse. Je reste ainsi à sentir les secondes glisser sur mon dos. Le fantôme du lapin vert monte sur ma tête. J'attache le corps de la femme qui touche son ventre sur une table métallique, la même que chez le vétérinaire. Elle ne peut plus toucher son ventre. Je lui administre la première piqûre d'anesthésique. Ses paupières se ferment. Elle se tait. Puis la deuxième. Les battements de son cœur ralentissent, sa respiration aussi. C'est calme, c'est doux.

Elle me dit que, si je veux, une fois que l'enfant sera sorti de son ventre, je pourrai l'accompagner à un cours de Pilates. Je dois quitter cette terrasse. Je dois m'éloigner de la femme qui touche son ventre. Je repose le fantôme du lapin vert, ma tasse de thé. Je dis Au revoir. Je m'écroule derrière ma porte, mets ma main dans ma culotte, la ressors blanche et pleure toute l'eau glacée dans ma gorge.

Dans la rue, je marche dans une crotte de chien. Moi, j'ai toujours ramassé. Même la nuit, même quand c'est liquide, même quand le sachet est troué. Il faut penser aux autres. Il faut penser qu'à cause de ceux qui ne ramassent pas, certains détestent les chiens. Ils les abandonnent à la SPA ou sur la route. Le cadavre d'un chien a été retrouvé ce matin dans une forêt, accroché à un arbre. Ces gens-là méritent la mort.

J'achète quatre kilos d'aubergines aux halles. La marchande de légumes bio me demande si je reçois du monde ce soir. Je réponds Non, j'ai faim. Elle rit et son rire me donne envie de lui casser les dents. Le boucher bio m'a aperçue ce matin en train de courir avec ma chienne. Il me félicite pour ma foulée. Il fait une promotion sur les foies de veau. Il s'entraîne tous les matins pour le marathon de Paris. Les boudins noirs sont à quinze euros le kilo. Il rêve d'aller un jour participer à celui de New York. Les rillettes sont faites maison. Je lui demande s'ils tuent les cochons ou s'ils se contentent de les découper morts. Il ne comprend pas ma question et moi, je ne comprends pas ce que je fais là.

Au revoir.

Je ne voulais pas venir. Mais mon mari me l'a demandé, lui qui ne me demande jamais rien. Il a dit Ce sera sympa. Il a dit Viens, s'il te plaît.

Ils nous ont réservé une chambre dans le bel hôtel. Celui où ils servent des œufs brouillés au petit déjeuner, où les jus de fruits sont pressés à la main, où la baignoire, le minibar, les noix de cajou à la truffe, le lit haut et grand sous lequel Penny et Lapin se cachent. Nous sommes arrivés la veille pour l'ouverture du salon, le discours du maire a lieu à vingt heures. Nous avons pris une coupe de champagne assis au bar du bel hôtel. J'ai assisté à la conversation téléphonique entre mon mari et son éditeur. Je suis sortie prendre l'air avant qu'il raccroche.

Cette ville est étonnante. Un petit centre-ville historique avec de la vieille pierre, des portes sur le passé, de bons restaurants, et tout autour du moche, des immeubles moches, des gens moches, une gare moche. Un des taux de délinquance les plus hauts de France, une belle cathédrale, un marché aux fleurs. Avant, ils nous logeaient à l'hôtel à côté de la gare, sans doute le plus triste de la ville. Mes livres ne méritaient pas mieux. Nous avions fait l'amour dans une des chambres au carrelage blanc, sur le sofa en tissu vert qui ne servait à rien. Mon mari était sorti acheter un kebab, était remonté avec deux, un Coca, des frites et de la sauce samouraï. Les hôtels moches ont le même savon pour les cheveux et le corps, qui irrite, qui pue, qui rend moche. Je m'étais endormie les cheveux mouillés, emmêlés, sur son torse. Dans l'air flottait une odeur de graille.

Je retrouve la gare, l'hôtel, l'abribus, le kebab. Je rentre dans un PMU sans habitués, sans bruit, je m'assois à côté de la fenêtre. Le sol est sale, la bière n'a pas de bulles. Je lèche le sel et le gras des cacahuètes sur le bout de mes doigts. L'idée de commander le croque-monsieur froid, celui dont la béchamel a la consistance et le goût du sperme, me traverse. Juste pour me sentir sale et misérable. Juste pour me retrouver.

Des jours que je me suis extérieure, que je me regarde fonctionner. Faire comme si rien n'avait changé. Bébé-loup grandit. L'ancienne voisine se décompose. La nouvelle va bientôt accoucher. Penny a ses chaleurs. Lapin m'ignore. Faire comme si je m'intéressais au monde, au réchauffement climatique, à la politique. Déserter mon corps, le laisser dans le lit, sur le canapé. Le laisser aller au sport, au marché, se promener. Je ne ressens plus rien.

Alors mon mari, les petits-fours, les copains, les sourires, ce soir, ce n'était pas possible. J'ai besoin de gratter la croûte, de laisser le pus couler.

Sinon je vais crever.

Mais le croque-monsieur, le cochon et son QI d'enfant de cinq ans, le vomi dans les toilettes où des traces de merde, des gouttes de pisse, des poils sur la cuvette, des tampons imbibés de sang dans la poubelle, me découragent. Il y a d'autres façons de se sentir sale et misérable.

Un type attend de la drogue ou un bus dehors. Il porte un jean, un blouson en cuir, des baskets blanches. Il fume. J'imagine son sexe, ce qu'il pourrait me faire.

J'ai une pensée pour toutes celles qui subissent les coups – de poing, de bite, de couteau. Pour toutes celles qui craignent de sortir ou de rentrer. Toutes celles que ça tue.

Je ne me sens même plus femme.

Le type ne me croit pas au début. Mais je soutiens son regard. Je dis Baiser, je dis Maintenant. Et je ne dis plus rien. J'avance dans la rue derrière la gare. Il me suit sans trop hésiter. Je marche sur des débris de verre. Je m'adosse au mur en béton, derrière une poubelle. L'odeur ne me dérange pas. Je me prépare à celle de son sexe et de son jus. Ses baskets sont neuves. Il a une chaîne en argent autour du cou. Son visage ne m'intéresse pas. Je regarde le bout de son sexe rentrer, mouvement de va-et-vient. Il me remercie. Je ne parle pas. Il gémit. Ridicule. Il me dégoûte. Les lacets de ses baskets blanches sont orange.

Je pense à bébé-loup. À ce qu'il doit ressentir. À la laideur de ce sexe et de ce gland. Aux milliers, millions d'insectes, de particules dans la poubelle. À ce jean descendu au niveau de ces mollets, à ces fesses que je ne vois pas, blanches avec quelques boutons rouges sûrement, quelques poils risibles.

Aux débris de verre. Au ciel sans étoiles. Et là, il se passe un truc en moi. Un besoin irrépressible de bouger, de partir. La bonne nouvelle, c'est que je ne suis pas vraiment morte.

Le type dit des trucs salaces. Il dit que j'aime ça. Mais non, je n'aime pas ça. J'ai changé d'avis. Je le pousse. Je dis Arrête, je ne veux plus. Là, il m'insulte. Normal. J'ai agi comme une pute, alors il me traite de pute. Des banalités sortent de sa bouche. Je ne peux pas lui faire ça, il doit finir, je dois être gentille. Je contracte, il adore ça. Il agrippe mes cheveux, s'enfonce plus fort. Avec son bassin et ses mains, il m'empêche de bouger. Je ne m'imagine pas mourir dans cette rue, à côté de cette poubelle, avec ces baskets neuves comme dernière image. Je ne le supplie pas, je lui mords le cou, là où sa jugulaire. Mes dents ne sont pas assez aiguisées. Pas le temps de recommencer, de lui arracher un morceau de chair. Il m'éclate la tête contre le mur.

Flou. Je ne parviens plus à fixer ses baskets.

Je ferme les yeux. Il explose en moi, se répand tout autour de bébé-loup. Je retourne dans la forêt, l'odeur de la pluie, l'herbe qui me chatouille les mollets. Je pourrais attendre qu'il se retire, attendre les yeux fermés, là où je n'ai pas mal. Mais toute ma haine, toutes les rivières, ma peine, tout ce que je suis, s'y refusent. Je retire la lame de mon cœur noir et je sens son sang couler. L'énergie, le monstre, l'électricité. Prendre le pouvoir. Devenir le pire. Ressentir sa force. Et sourire.

Je retrouve la vue. Les baskets ne sont plus blanches. Le sexe est mou, il pend au milieu des jambes du type. J'entends ses plaintes. Ses mains tentent en vain de stopper le rouge de ses yeux. De ses yeux ou de sa gorge. Pas de sang dans ma bouche mais sur mes mains. Je lâche le tesson de bouteille. J'essuie mes doigts sur le béton. Je remonte ma culotte, mon pantalon. Mes vêtements sont propres. Je laisse le type gémir dans son sang. Je retourne au PMU passer de l'eau sur mon visage. Le serveur regarde le match à la télé. Peut-être que le type aurait regardé le match ce soir.

Je rejoins mon mari à la mairie. Des policiers sont à l'entrée. Mon mari me demande ce que je foutais. Je dis Rien. Je dis J'avais besoin de marcher. Il sent à l'intonation de ma voix qu'il doit arrêter de poser des questions. Il me prend la main. Je pose la tête sur son épaule.

Tout à l'heure, je discuterai avec ceux que j'appelais copains, je ferai semblant d'être celle qu'ils connaissent. Ils diront Quoi de neuf? et je mentirai. Ils diront Alors ce roman ? et je ferai comme si j'avais une réponse. Je mimerai. Je jouerai. Je boirai. Le champagne sera tiède. On critiquera les petits-fours, toujours les mêmes, roulés à la saucisse, palmiers secs à la tapenade, verrines de saumon fumé.

Le maire commence son discours sur l'estrade. Il insiste sur la place que tient la culture dans son cœur, dans sa ville. Il remercie les organisateurs, les libraires et pour finir les auteurs. Il invite le parrain du salon à venir le rejoindre sur scène. Je prends une coupe, repose la tête sur l'épaule de mon mari et je laisse l'ennui œuvrer, mes yeux se réfugier derrière la baie vitrée, là où la nuit, le vent, les arbres.

Tout se passe comme avant, mais plus rien n'est comme avant.

J'ai son goût dans la bouche, du pire, du sang, du plus rien à foutre.

Derrière la baie vitrée, là où la nuit, le vent, les arbres, le corps d'un type baigne dans son sang. Ses baskets ne sont plus blanches, cette pensée me plaît.

Je ne sais plus comment avancer. Je ne sais plus si cette histoire est vraie.

Je me réveille, mon ventre est plat. Je cherche sur internet, personne ne parle d'un type mort derrière une gare. Personne ne parle de moi. Ils m'ont laissée rentrer chez moi. Je me réveille dans mon lit, mon pyjama est là, froissé sous mon oreiller. Mon mari a la même tête qu'avant, il dort de la même façon. L'enfant est sorti du ventre de la femme qui touche son ventre mais qui ne le touchera plus. J'adopte une tortue. Son propriétaire a tenté de mettre le feu à sa carapace avant de la jeter dans une poubelle. La bénévole du refuge a refusé de me donner son adresse. J'enfile mon peignoir en polaire, j'ai perdu la ceinture, ça me contrarie. Je fais le tour de ma taille avec une écharpe. Je ne ressemble à rien. Je me rase la tête. Je m'entaille la peau et le sang coule sur mon front. Je regarde le filet rouge descendre jusqu'à mes lèvres. Je repense à ma tête d'avant, quand je faisais semblant, quand j'avais des cheveux qui cachaient mes seins.

Quand j'avais des limites, une conscience.

Mon beau-père me trouve moche. Il ne l'a pas dit comme ça, mais quand il m'a vue sortir de la voiture il a fait la même tête que quand son fils lui parle de la France insoumise. Nicole me compare à cette actrice qui s'est rasé la tête pour un film. Elle dit Ça te va à merveille. Jacques n'est pas convaincu. Il me propose son aide pour porter ma valise.

Mon mari a été un peu surpris quand il a poussé la porte de la chambre. Le sang avait séché sur mon front. Il a découvert la tache de naissance sur mon crâne. J'ai dit T'as vu, on dirait un cœur. Il était déconcerté. Qui se rase la tête au réveil ? J'ai dit J'ai besoin de changement, de ressembler à celle que je suis. Je ne sais pas ce que je voulais dire, je l'ai juste dit. Il a eu l'air de comprendre. Il a embrassé le cœur sur mon crâne. Je lui ai demandé de me prendre en photo. Avec le sang, t'es sûre ? J'ai dit oui. J'ai dit Je veux que tout le monde voie. J'ai posté la photo.

Avant, quand j'en avais quelque chose à foutre du regard des autres, je passais des heures à regarder leurs photos, à les envier, à me sentir mal, misérable, lamentable, avec ma petite vie face à leur belle réussite, face à leur bonheur obscène, à leur fausse modestie. Je rentrais dans le jeu. Je cliquais sur des noms qui renvoyaient à d'autres noms, des gens que je ne connaissais pas. Que je détestais autant que je me détestais. Je savais que c'était du *fake*, que c'était juste pour la photo, que leurs vies mises en scène n'étaient pas si parfaites, qu'ils étaient sûrement malheureux par moments. C'était ce que je leur souhaitais derrière mon écran, beaucoup de malheur.

Avant, quand tout ça avait de l'importance, je passais du temps à choisir une photo sur laquelle je serais jolie, je donnerais envie, à écrire le texte qui allait avec, quelque chose d'intelligent, intelligent pour eux, parce que peut-être que quelqu'un allait la voir, quelqu'un allait penser Cette fille a des choses à raconter, elle n'est pas trop bête et elle est jolie. Quelqu'un allait appeler mon agent et lui dire qu'il me voulait dans sa nouvelle campagne. Ça n'a pas fonctionné. Ce quelqu'un ne s'est jamais manifesté.

J'ai arrêté les photos, mon quotidien n'était pas intéressant. Les courses, les balades, les bains, les légumes, la province, la vie normale, quand je dis normale je veux dire banale, ça n'intéresse personne, ou ceux que ça aurait pu intéresser, je n'avais pas envie de les intéresser, ceux dont la vie était encore plus chiante que la mienne. Je ne pouvais plus mentir, je n'avais plus Paris, je n'avais plus de projets, je n'avais plus l'écriture. Je ne faisais plus rêver. Et si tu ne fais pas rêver dans ce monde-là, t'es morte. Donc je suis morte. J'ai renoncé. Jamais je ne serai riche, jamais je ne retournerai vivre à Paris. Jamais. Prendre conscience que tout le monde se fout de toi, et t'en foutre à ton tour. C'est ma liberté, ne plus rien espérer, ne plus rien attendre. Je ne pensais pas que je la creuserais autant, cette liberté, qu'elle allait me conduire à commettre des crimes. Mais au moins, contrairement à eux et à leurs selfies ridicules, leur indécence, leurs certitudes, moi je peux me vanter d'être allée là où ils n'iront jamais – l'honnêteté. Mais je ne m'en vanterai pas, parce que je m'en fous.

Et cette photo, c'est ce qu'elle dit.

J'ai regardé la précédente, sur laquelle mes cheveux aux épaules, je ne souris pas vraiment, la lumière est jolie, la nature derrière et Penny. J'avais écrit un truc ridicule sur le temps qui passe. Sept cent cinquante-six likes. C'était avant le pont, quand je pensais que j'allais m'en sortir, me remettre à écrire. Avant les cadavres. Avant bébé-loup.

Avant, quand j'avais peur. Peur de rater. Peur de l'image. Peur de l'avenir. Peur de tout. Peur de moi. Surtout peur de moi. De ce qui se terrait sous ma peau. Peur de ce qui pourrait advenir si je laissais aller. Voilà, maintenant je sais. Je n'ai plus peur.

Nicole a fait frire du tofu à l'apéro, sa nouvelle passion. Elle a poussé un cri face à Tortue. Elle a dit J'ai peur des serpents. Je n'ai pas cherché à lui expliquer qu'une tortue n'est pas un serpent. J'ai pris quelques feuilles de laitue dans le saladier et j'ai monté Tortue dans la salle de bains.

Nous sommes tous les quatre autour de la table. Les bois du cerf ont été décrochés du mur et rangés au garage.

L'interphone sonne. Penny est couchée à mes pieds, les pattes croisées, élégante. Lapin dort dans sa cage. Je croise le regard de Jacques, fuyant.

À table, on me demande si je me suis remise à écrire. Tuer c'est plus fort. Plus fort qu'écrire. Jacques et son ami parlent fort. Le sang du chevreuil se dilue dans le jus. La sauce. Bout de pain imbibé. Sixième bouteille de vin. Nicole m'a fait cuire un steak de céréales sec et fade. Mastication. Gorgée. Déglutition. Crissement. Relent. Raclement. La femme de l'ami a les cheveux teints en blond. Elle va chez le coiffeur une fois par semaine pour son brushing et son shampoing. Lui va à la chasse trois fois par semaine. Cette année, il a eu trois sangliers, deux chevreuils, une dizaine de perdrix. Il tue les renards. Son chien s'appelle Max, un grand bleu de Gascogne. Sa femme n'assiste jamais aux repas de chasse, elle va au cinéma. Il caresse la tête de Penny, lui donne un bout de viande. Mon mari lui demande d'arrêter. Nicole propose de débarrasser. Mon mari cherche mon regard. Trouve le vide. Le vide pour ne pas m'emparer d'un fusil dans le placard du garage. Pour ne pas les vider de tout ce gras. Nicole apporte le dessert, une tarte aux pommes et sa glace vanille. Je suis fatiguée, je veux monter me coucher. Mais Jacques me sert un whisky. Il ne devrait pas me faire boire autant. Il insiste, Avant tu adorais mon whisky. Il aborde le sujet de mes cheveux, ou plutôt de leur absence, qu'il déplore. Nicole lui demande de se taire. Jacques l'ignore. Il s'inquiète pour moi, mais surtout pour son fils. Il ne veut pas qu'il souffre. Il me demande si je n'ai pas viré de bord, si je ne vais pas suivre cette nouvelle mode, celle des « LBGT ». Il n'arrive pas à le prononcer correctement. Il a de la sauce séchée aux commissures des lèvres. Mon mari m'embrasse la nuque, me murmure T'es magnifique. Jacques regarde son verre, sa femme. Il s'essuie la bouche. Le sang du chevreuil ne part pas.

Dans le lit, quand tout le monde dort, je ne suis plus fatiguée.

Je descends les marches, pousse la porte du garage. Je retrouve les bois du cerf, cachés sous un drap. J'ouvre le placard où Jacques range ses armes de chasse. Mon regard s'arrête sur sa carabine Browning. À mon premier dîner chez mes beaux-parents, j'avais demandé à Jacques de m'expliquer le fonctionnement de ses armes. Il était heureux de partager ses connaissances. Mon mari m'avait remerciée pour mes efforts. Le lendemain j'avais proposé à Jacques de m'apprendre à tirer. Il avait accepté, ému, la transmission compte beaucoup pour lui.

Je me rends dans la chambre de mes beaux-parents. Nicole ne prend pas de place, même quand elle dort, elle semble s'excuser d'exister. Jacques ronfle sur le dos. Un peu de bave coule sur sa joue. J'attends là, face au lit. J'imagine la détonation, la cervelle de mon beau-père sur le mur, le cri de ma belle-mère, les éclaboussures de sang sur son visage. Puis mon mari qui descend, Penny, la douleur. Le doigt sur la détente, je repense à mon mariage, à la joie que j'ai ressentie ce jour-là. À la façon dont mon mari me regarde. À son pied qui touche le mien dans le lit. À tout cet amour qui dort, là-haut. J'aime mon mari. Quand on aime quelqu'un, on ne tue pas son père. C'est une règle à laquelle j'accepte de me soumettre.

Je range la carabine à sa place.

Je mets mon poignet dans ma bouche, je serre fort avec mes dents.

Je retourne chercher la carabine. Deux chargeurs et des munitions. Je cache le tout dans le coffre de la voiture.

Je me rendors dans les bras de mon mari.

J'essaie de comprendre. Comment le monde fonctionne. Comment la loi ordonne le monde. Comment la loi ordonne les pensées. On finit par ne plus faire la différence. Entre nous et la loi. La loi dit quatorze semaines. La loi dit par voie instrumentale ou par voie médicamenteuse. La loi conseille un suivi psychologique. La loi dit qu'on a le droit de choisir. Mais en réalité, la loi choisit pour nous.

Il va où le fœtus après ?

Là encore, c'est la loi qui décide.

Mon mari m'offre un couteau japonais. Il dit Comme ça, tu ne galéreras plus à couper tes légumes. Je l'embrasse avec fougue. Je le remercie, C'est un cadeau magnifique. Il est surpris par mon exaltation. Je cours aux halles, remplis mon chariot de légumes. Je choisis plusieurs variétés. Je ne pense pas recette, je pense texture, peau dure, peau fine, chair tendre et jus. J'achète des herbes, de l'ail et des échalotes. La marchande dit Ça fait longtemps que je ne vous avais pas vue sourire. Je pousse le cri du loup. Elle me tend son TPE, gênée. Je fais bip et m'en vais.

Je passe la journée à couper, comparer. Je tranche une courge butternut sans forcer. J'émince des herbes comme dans les émissions culinaires, sans me blesser. C'est simple, fluide. Je tourne sur moi-même, je ressens la joie, l'excitation. Mais ce n'est pas assez. Je veux couper plus. Penny m'observe. T'inquiète pas, bébé. Maman va bien. Reste avec Lapin et Tortue, je reviens.

Direction les halles pour plus de légumes, plus de matière. J'emporte le couteau dans mon sac. C'est lui qui choisira. Je croise une femme qui porte un manteau en astrakan. La fourrure se distingue par son aspect bouclé, très doux, comme les cheveux d'un bébé. J'ai l'image de dizaines de fœtus d'agneaux dépecés sur le dos de la femme, les cadavres de leurs mères éventrées sur le trottoir. Les gens les piétinent. Indifférence totale. Je m'approche, caresse le manteau doux, très doux. La femme ne remarque rien. Je n'ai aucun mal à la suivre dans son immeuble, à monter avec elle dans l'ascenseur, à sortir le couteau de cuisine de mon sac et à le lui planter dans le cou. La lame s'enfonce facilement, en entier. Si je devais comparer à un légume, ce serait la tomate, pour le côté mou et juteux. La femme ne crie pas. Elle ne se retourne pas. Elle s'écroule. C'est simple. C'est calme. Les poils des agneaux sont recouverts de sang chaud. Je les caresse, leur cœur bat sous mes doigts. Aucune culpabilité, non. Tout le contraire. L'évidence. C'est comme si depuis toujours c'était ça. Comme si j'étais née pour tenir ce couteau.

Je ne rentre pas à la maison, m'arrête dans un bar. Besoin de boire quelque chose, de faire perdurer l'ivresse. Un homme me fixe. Il veut savoir si la place à côté de moi est libre. Il a le visage émacié et des cicatrices sur les joues. Il s'assoit, me demande si je suis écrivaine. Il m'a reconnue, m'a vue dans une émission de télé il y a quelques années. Il me dit C'est dingue de vous rencontrer ici. Il rend visite à sa petite sœur. Elle est infirmière, elle va bientôt le rejoindre. Il me dit J'ai adoré votre premier roman. Il aimerait écrire, lui aussi. Il me demande où je puise mon inspiration. Je lui parle de *Mars*, de Fritz Zorn, je lui explique qu'il s'agit d'un type qui va mourir du cancer, qui pense que la tumeur dont il est atteint est une manifestation de la souffrance qu'il a endurée depuis l'enfance à cause du conformisme social et familial. Pour lui, le cancer est une issue logique. C'est mon livre préféré. « Zorn » signifie colère en allemand. Il fronce les sourcils. Il me demande si je suis sur mon prochain roman. Je lui explique que non. Avant, c'était l'écriture qui me maintenait en vie. Mettre les monstres sur papier, c'était ma façon de survivre. Mais aujourd'hui, j'ai trouvé mieux qu'écrire. J'ai trouvé la fiction dans la réalité. Il ne comprend pas. Je dis Tu vois, si tu touches à une rondelle de saucisson dans le bol, je te coupe la main. Il rit, gêné. Je reçois un message de mon mari, « Je serai à la maison vers vingt heures », avec un cœur. Pendant que je lui réponds « À tout à l'heure », avec deux cœurs, le type pioche discrètement dans le bol de saucisson. Je fixe son poignet, visualise le sang qui circule à l'intérieur. Je ressens l'adrénaline. Je commanderai un verre de vin après. Il s'apprête à reprendre un bout de saucisson, s'arrête en chemin, sa sœur est derrière moi. Il nous présente. Il dit Mademoiselle écrit des livres. La sœur semble épuisée. Je la salue, lui souhaite bonne chance pour la vie, et le reste. Je lui dis Vous avez l'air gentille. Je lui demande si elle a des animaux. Elle répond oui, un chat.

J'adopte un chat. Penny, Lapin, Tortue, je vous présente Vieux chat. Vieux chat est passé sous une voiture. Vieux chat n'a que trois pattes. La bénévole du refuge m'a dit que ce n'était la faute de personne. Mon mari a horreur des chats.

Je sors le couteau de mon sac, je passe un coup d'éponge sur la lame et je prépare le dîner.

Ce matin, je reçois un appel de mon agent. J'ai décroché un contrat de presque cent mille euros grâce à la photo sur laquelle je suis chauve avec du sang sur le front. Il me dit Bravo, bien joué.

Depuis là où l'on ne rit plus, ma voisine verte éclate de rire.

Je vais courir avec Penny. Besoin d'air. Besoin d'écraser mes pensées. De m'épuiser. De foncer. De croire que personne ne m'attrapera. D'oublier tout ça. Je ne sais plus ce qui est vrai. Besoin de nature. Les oiseaux me manquent. Ils ne chantent plus dans l'obscurité. Bébé-loup partira à seize heures. Je dois courir pour ça aussi. M'enfuir une dernière fois là où je le tiens dans mes bras.

On s'arrête sur une petite plage. On est seules, je défais la laisse. Je me déshabille. L'eau froide sent la vase, je m'en fous, je nage. Là où un gamin s'est noyé l'année dernière. Même dans l'eau, il y a des trous. Des rivières souterraines. Le gamin jouait au foot avec ses copains. Sa dernière pensée devait être d'attraper la balle. C'est con comme dernière pensée. C'est peut-être mieux que de penser à sa mère. C'est plus simple, moins bouleversant.

Pourquoi toujours des trucs tristes dans ma tête ?

Depuis là où l'on ne dit plus rien, Fritz Zorn affirme que la mort, ce n'est pas triste.

J'ai poignardé un type hier soir.

J'étais au Carrefour City. Le type avait des lunettes sans monture et les quelques cheveux qui lui restaient brossés en arrière et collés à son crâne. Il a dit que la caissière avait commis une erreur, l'a accusée d'avoir compté deux paquets de quinoa au lieu d'un. Il a commencé à l'insulter, a demandé à parler au gérant. Le gérant est arrivé, un petit homme avec lui aussi des lunettes sans monture. Il s'est excusé auprès du type, a engueulé la caissière. La caissière a pleuré. Elle avait une tête de moineau. J'ai reposé ma canette de Coca, suis sortie juste après le type. J'ai marché derrière lui jusqu'à ce qu'il s'arrête devant une porte. J'ai planté mon couteau dans son dos alors qu'il cherchait ses clés. Le panier de courses s'est renversé. J'ai compté deux paquets de quinoa.

Depuis là où il n'y a plus rien à désapprouver, le gamin noyé désapprouve le coup de poignard dans le dos.

Je me demande quelle a été la dernière pensée du type, s'il a regretté d'avoir insulté la caissière, d'avoir fait pleurer ses yeux de petit moineau. Quelle est la probabilité pour que personne ne m'ait surprise ? Je me demande si je dois changer de ville. Si j'ai bien mis de l'eau dans la cage de Lapin. Je me demande si je vais accompagner mon mari à son prochain salon littéraire. Depuis l'arrivée de Vieux chat, il s'inquiète. Il dit que ce n'est pas normal, il dit que je cherche à combler. Il dit qu'aucun animal ne remplacera l'écriture. Il me prend dans ses bras. Il dit que Vieux chat pue. Que Lapin fait du bruit. Que Tortue… non, là il ne dit rien, il soupire. Je me demande ce qu'il dira de Souris. Je n'ai pas eu besoin d'aller la chercher, c'est elle qui est venue à moi. Elle m'attendait dans le placard de la cuisine. Je me demande si c'est ça, la folie. Ce que je ferai de cent mille euros. S'ils m'enverront en prison ou en psychiatrie. S'ils me cherchent. Je me demande combien de temps il me reste.

Il commence à pleuvoir. Je sors de l'eau. Au loin ma forêt, celle de bébé-loup. Je lui dis Tu vois, c'est à cet endroit que tu appartiens. J'ai la main sur mon ventre, je le sens vivre à l'intérieur. Il pousse son cri. Toute la forêt tremble. Penny lèche les gouttes sur mes mollets. J'attends de sécher pour m'habiller.

Pour me mettre à courir vers la clinique.

Mais dans mon corps, la loi c'est moi.
Je n'ai pas pu.

Le crâne rasé, j'adore, c'est puissant. Donc tu as déménagé ? C'est incroyable. Non, mais tu as tellement bien fait. Paris, ça devient n'importe quoi. Mets-toi ici, voilà, parfait.

Ils se sont déplacés jusqu'à moi. Ils trouvaient ça plus cool, plus authentique. Ils adorent mon appartement. Ils disent C'est exactement ce qu'on recherche. Ils pensent que je suis extraordinaire parce que j'ai quitté Paris, que mon mari a la cinquantaine, qu'il manque une patte à Vieux chat et une oreille à Lapin.

T'es sur quoi en ce moment ? Lève la tête, le bras, mets ta main là, voilà comme ça. Quand j'ai vu ta photo, j'ai tout de suite appelé Franck. J'ai honte, je n'ai pas lu ton roman. Entrouvre les lèvres. J'ai dit C'est elle et aucune autre.

Ils veulent reproduire la même photo que sur mon Instagram, la même pose, du faux sang séché sur mon front, la même expression sur mon visage. Du rien à foutre. Du rien à perdre.

Mais t'en as écrit combien ? Et ça te plaît la campagne ? Détends ta main. Six ! Sérieux ? Moi aussi, je rêve d'avoir un chien. Ferme les yeux. Et t'as commencé à quel âge ? Et les cheveux, c'est pour un projet en particulier ?

Ils m'inventent une vie dans laquelle j'ai reçu le Goncourt du premier roman. C'est incroyable. Un de mes romans va être adapté au cinéma. Je suis actrice, j'ai la gueule d'une actrice. Mes cheveux, c'est pour un film. L'histoire d'une fille qui remplace l'écriture par le meurtre. Dans la même veine que l'étudiante qui découvre le cannibalisme et bouffe la moitié de son école. La réalisatrice a eu un César.

Vous avez combien de différence ? Regarde-moi. Mais t'as raison, on s'en fout de l'âge. Tu peux danser ? Sublime. T'aimes bien quoi comme musique ? Ne me regarde pas. T'as des enfants ? Génial ! Moi aussi, j'adore les animaux. Ne change pas. Mais t'es super jeune, t'as le temps. Je peux te toucher là ? Ton parfum c'est Pour un homme de Caron, non ? Tu fumes ? Ah ouais, j'aurais juré pourtant. Non mais grave ! Tu peux fumer pour la photo ? J'adore. C'est quoi déjà ton agence ? Dis-moi quand tu es à Paris, on ira boire un verre. Ne bouge pas. Surtout, ne bouge pas. C'est bon, on l'a.

Voilà, je viens de gagner cent mille euros.

Mon agent m'appelle à la fin de la séance, s'excuse, il n'a pas pu se déplacer. Il me demande quand je compte venir à Paris. Il veut organiser des rendez-vous. Il dit Je suis fier de toi. Cette campagne va relancer ta carrière. Il dit J'adore ta nouvelle tête, ça va plaire, le trash, le *fuck off*, c'est ça l'avenir. Et il raccroche. Demain, je ramasserai la crotte de Penny, je la glisserai dans une enveloppe et je la lui enverrai.

L'équipe veut sortir dans un endroit sympa. Mon mari dit Vas-y, je garde les animaux.

Je les emmène dans un bar à vin. Ils s'extasient devant les tables en bois, la planche de fromage, les cornichons et la gentillesse du serveur. J'ai très longtemps espéré que des gens comme eux s'intéressent à une fille comme moi. Je verse le vin dans les verres et tout ce qui me vient est un profond soulagement. Je pourrais les tuer. Là, comme ça, sortir leurs intestins et les enrouler autour de leur cou. Couper les testicules et les jeter dans les toilettes. Je pourrais leur faire beaucoup de mal mais je ne ferai rien. Je veux qu'ils s'en aillent, qu'ils retournent dans le passé, qu'ils y meurent. Paris, moi dans Paris, celle que je croyais être, tout ça a pris feu. Je me sens libre. Libre de me lever et de rentrer chez moi. Penny et les autres, mon mari, mon couteau, et toi, bébé-loup. Juste vous. Le reste peut disparaître.

Elle aurait mieux fait de se taire.

De ne pas s'arrêter au stand de mon mari, de ne pas me donner de leçon sur la manière dont j'éduque Penny, de ne pas me dire que je ne devrais pas l'emmener en salon, qu'elle sait mieux, qu'elle ferait mieux, de ne pas me regarder comme ça, insister pour caresser Penny sous la table, analyser notre lien, décréter que je la surprotège, que je devrais faire autrement, que ce n'est pas ma faute, que je ne sais pas, qu'il faut la dresser, qu'il faut la sociabiliser, qu'il faut apprendre à communiquer. Elle aurait mieux fait de ne pas insister encore, faire peur à Penny. Faire semblant de ne pas le voir. Toucher Penny. Elle aurait mieux fait de rester avec son mari, de ne pas lui lâcher la main. Elle a dit Je vous rejoins, elle aurait mieux fait de ne rien dire. Elle aurait mieux fait de garer sa voiture avec d'autres voitures. Elle aurait mieux fait de rester chez elle avec ses gosses et ses chiens.

Elle a poussé un cri quand j'ai planté le couteau dans son ventre flasque. J'ai tranché sa gorge pour qu'elle se taise.

Elle a mis les mains autour de son cou et elle est tombée, juste à côté de sa voiture. Elle a essayé de sortir des sons. Il faut apprendre à communiquer, madame, j'ai failli lui dire ça, mais j'ai préféré la regarder se vider par la gorge. Jusqu'à ce qu'elle n'essaie plus, jusqu'à ce regard où tout s'en va. Où c'est terminé, irrémédiable. Jusqu'à ce que je décide de m'en aller.

J'aurais pu avoir un stand avec mon nom et mes livres. Entendre *C'est vous l'auteur ?* Être assise des heures et des heures. *Ça parle de quoi ? C'est autobiographique ?* Les regarder reposer mes livres, faire la grimace, *Ça a l'air triste*. Et les voir s'arrêter au stand voisin, là où les histoires d'amour finissent bien. Le libraire me l'a proposé, parce qu'il aime mon travail, qu'il est gentil et que mon mari le lui a suggéré. Pour ma santé mentale, pour la sécurité de chacun, il était préférable que je décline.

Je suis allée dire bonjour aux copains, et aussi Je vais bien, merci. L'un d'eux m'a demandé plusieurs fois T'es sûre que ça va ? Il voulait que je me confie. Il voulait être celui qui résout l'énigme, le problème. Je suis devenue un problème. J'ai senti leurs regards et leur gêne toute la journée. J'ai senti de la peur aussi.

J'ai le visage expressif. Ç'a été le premier compliment de mon mari. Il m'a dit que je ne pourrais jamais mentir, que j'étais belle avec toutes mes vérités. Quand je vais pleurer, quand je suis heureuse, quand je compatis, quand j'ai mal, quand je déteste, quand je suis en colère, quand je m'ennuie, quand je réfléchis, tout se voit. C'est peut-être ça que les copains font derrière leurs yeux : ils essaient de déchiffrer mon visage, de trouver ce qui a changé, parce que ce n'est pas seulement le crâne rasé, c'est quelque chose de plus subtil, quelque chose qu'ils ne connaissent pas.

Mon mari est assis à son stand, il signe. Il ne me cherche pas, il ne me regarde pas. Il est contrarié parce que, dans la chambre d'hôtel, Lapin, Tortue, Vieux chat et Souris m'attendent. Parce que ça y est, il m'a dit que j'étais complètement folle. Que depuis il ne me regarde plus. Parce qu'il ne me regarde plus, il ne voit pas mon ventre qui grossit. C'est petit comme une pomme, c'est joli une pomme. Je ne pense pas Je vais devenir mère. Je pense J'ai une petite pomme dans le ventre, j'ai un bébé-loup. J'imagine son museau, ses petites dents, il jouera avec Penny à la balle, ils se mordilleront les oreilles. Moi aussi, je leur mordillerai les oreilles. C'est comme ça que j'imagine la maternité, en mordillant des oreilles.

Je n'ai pas nié quand il a dit T'es complètement folle.

Des policiers demandent au mari, qui vient de perdre sa femme mais ne le sait pas encore, de bien vouloir les suivre. Bientôt il comprendra qu'elle ne le rejoindra pas. Il devra confirmer qu'il s'agit bien de la femme qu'il a épousée, de la mère de ses enfants. Il ira à la morgue et il verra pour la première fois le visage mort de sa femme. Il comprendra qu'elle a souffert, il ne comprendra pas pourquoi. Ce genre de choses n'arrivent que dans les séries policières que sa femme adorait regarder.

Même si j'ai une drôle de tête, personne ne viendra me poser de questions. Je suis jeune, je suis une femme, je suis écrivain, j'étais au salon avec mon mari, j'étais avec les copains, je ne connaissais pas cette femme, je viens dans cette ville pour la première fois. Ça n'a aucun sens, et c'est parce que ça n'a aucun sens que je peux m'asseoir, boire mon thé et regarder le mari partir avec les policiers.

Je vois la file d'attente s'allonger devant le stand de mon mari.

Mon mari est beau. Il vieillit comme les hommes beaux. Parce qu'il est beau et qu'il écrit des livres, mon mari plaît. Aux femmes et aux hommes. Mon mari le sait, il dit que non, mais il le sait. Il aime ça, il a besoin de ça. Parce que sa femme le délaisse pour des animaux, que le chat a pissé sur le lit, que l'odeur est terrible, qu'il est fatigué. Que sa femme ne lui fait plus de fellations, que les yeux de sa femme ne le regardent plus, qu'il en est triste, qu'un soir il a pleuré dans la cuisine, que sa femme dormait, qu'il y avait Penny et Lapin sur son oreiller, que sa femme avait l'air paisible, qu'il est allé dormir sur le canapé, qu'il n'a pas dormi. Car il aime sa femme plus qu'il ne le croyait et que quelque chose a changé en elle. Il a peur de ne pas la retrouver.

Une femme lui tend un livre. Elle répond aux critères de ce qu'on appelle jolie. Fesses rebondies, petite poitrine avec soutien-gorge en dentelle, nez en trompette, chignon faussement négligé, grain de beauté sur la pommette. Elle a une moue de petite fille. Elle doit se raser le sexe. Pas de chance, il a horreur des femmes-enfants. Celles qui chuchotent, qui se dandinent, qui parlent comme des gamines. Mon mari veut de l'honnêteté et des poils pubiens.

Est-ce qu'il sent mon regard ? Est-ce qu'il sent mon amour ? Parce qu'il est là, dans mon ventre, autour de bébé-loup. L'amour pour mon mari. Il ne m'a pas quittée. Il résiste à la folie, à la colère. Il ne s'abîme pas, il ne se noie pas dans le sang. L'amour pour mon mari est increvable. Je n'ai plus envie de son sexe, de faire les choses des hommes, mais l'amour pour mon mari va au-delà. Et même s'il m'en veut, même s'il est vieux, même s'il m'ignore, même s'il me blesse, l'amour pour mon mari ne partira pas.

Ce soir, quand je resterai dans la chambre d'hôtel, quand les copains viendront lui demander si tout va bien, s'il m'est arrivé quelque chose, mon mari mentira. Avec l'humour, il masquera sa peur et sa peine. Il m'imaginera dans mon bain, Penny sur le tapis, Lapin contre son ventre, Vieux chat faisant sa toilette sur le lit, Tortue dans sa salade – il n'imaginera pas Souris, ce sera au-dessus de ses forces. Quelque chose serrera sa poitrine. Il sortira fumer pour se détendre. Et quand il me rejoindra dans la chambre, je dormirai. Il me regardera, il sourira, et c'est à cet endroit que résidera tout mon amour pour lui, dans ce petit sourire. Et quand il s'allongera nu contre moi, je serai nue moi aussi. Je le laisserai entrer en moi et je lui demanderai de ne plus bouger, de rester, et je me rendormirai comme ça.

Mon mari a laissé sa cafetière à piston et sa tasse de café au lait à moitié remplie sur la table de la cuisine. Il dit Ne touche à rien, je ferai la vaisselle ce soir. Il connaît mon incapacité à laisser traîner ne serait-ce qu'une petite cuillère sale dans l'évier. Et pourtant, il dit ça. Il ne prend pas l'éponge. Il ne prend pas cinq minutes de son temps pour laver sa tasse et sa cafetière. Non, il dit ça et il s'en va la conscience tranquille, me laisse sur *Les chemins de la philosophie*. Il sait que ce soir, quand il rentrera de Paris, l'évier sera vide et propre. Il sait aussi que je serai passée aux halles, que le dîner sera prêt, que dans le frigo il y aura ses yaourts au chocolat et une bouteille de blanc. Il me connaît. Et moi, au lieu de ne toucher à rien, de ne pas faire de courses, je presse le liquide vaisselle sur l'éponge et fais couler de l'eau chaude.

L'eau stagne dans l'évier. Réaction immédiate. Ventouse. Mouvement de bas en haut. Force et détermination. L'eau reste. Penny sent mon agacement et quitte la pièce. Je vide le placard sous l'évier. Seau. Démontage de siphon. L'eau sale coule dans le seau. Revissage de siphon. Test. Eau chaude. L'évier se remplit. L'eau reste. Je recommence. Ventouse. Seau. Siphon. Une fois, deux fois, dix fois. Rien. Je vide l'eau dans les toilettes, j'en renverse à côté, je passe la serpillière. J'insulte la chroniqueuse de France Culture. Je sors acheter du Destop. Destop turbo. Destop organique. Destop gel. Destop original. Je rentre. Texto de mon mari : « Je reste ce soir à Paris, je t'aime ». J'insulte mon mari. Penny est cachée sous le canapé avec Lapin. Vieux chat dort sur le lit. Souris chicote je ne sais où. Première bouteille de Destop. Le liquide descend dans les canalisations. Joie, excitation. J'attends dix minutes. Je regarde mon couteau. Il brille. Je fais bouillir de l'eau. Je vide l'eau dans l'évier. Je jubile par avance d'entendre l'aspiration. Mais non, rien. Nouvelle émission à la radio. Évier rempli d'eau bouillante et de Destop turbo. Une tante de ma mère s'est suicidée en avalant une bouteille de Destop. Je mets des gants. Carafe. Seau. Toilettes. Deuxième bouteille de Destop. Laisser agir plus longtemps. Alors baskets. Laisse. Penny. Je cours. Et quand je cours, je pense à l'évier. Au moment de mettre la clé dans la serrure, j'implore, pourvu que l'évier soit vide, pourvu que l'évier soit vide. Mais l'évier est plein. Internet. Évier bouché : que faire ? Ventouse : fait. Destop : fait. Pub de croquettes pour chiens à base d'insectes : plus tard. Sur le troisième forum, Dori37 écrit que ses canalisations sont reliées à celles de ses voisins. Je descends, en sueur, sonne. Elle ouvre. Je ne dis pas bonjour mais Mon évier est bouché, et le vôtre ? Elle porte son bébé que je n'ai encore jamais vu dans les bras. Elle dit Non, désolée. Elle attend que je dise

Oh pardon, je n'avais pas réalisé, je suis vraiment confuse, c'est un garçon ? Il est magnifique, encore félicitations et désolée. Ou Mille excuses, je suis complètement cinglée, je laisse des carottes sur votre terrasse, je vous déteste, mais votre fils est magnifique. Mais je ne dis rien, je la laisse attendre et retourne à ma cuisine et à mon évier. J'appelle le plombier. Ils ne peuvent intervenir que demain matin. Je dis OK. Je raccroche et je hurle. Je dors sur le carrelage de la cuisine avec Penny, Lapin, Tortue et Vieux chat. Souris rêve de comté je ne sais où. J'attends demain.

Neuf heures. Sonnette. Bonjour madame. Je le conduis à la cuisine. Penny aboie. Le plombier se fige, il a peur des chiens, me demande si je peux la faire sortir. Je localise sa carotide. Il remarque sous la table Lapin apeuré à qui il manque une oreille, Tortue et sa carapace cramée sur sa salade. Il fait un pas en arrière et marche sur la queue de Vieux chat à trois pattes. Il pousse un petit cri, puis un juron, baisse les yeux et sort son furet. Fascinant. La longue tige s'introduit dans la tuyauterie. Magnifique. Une minute. Et là, magie. Joie. Explosion. Gratitude infinie. L'eau coule, disparaît. Je le remercie, lui propose un verre de grenadine. Qu'est-ce qui peut résister à trois bouteilles de Destop ? Il rit, se détend, explique qu'il y a plusieurs explications mais qu'à son avis c'est une souris.

— Pardon ?

— Oui, ça arrive souvent…

Je n'entends pas la fin. Je m'écroule. Acouphènes. Souris

quelque part. Souris dans le tuyau. Souris veut remonter mais ne peut pas. Souris m'appelle. Souris bouchon. Destop turbo. Souris brûle. Destop gel. J'ai mal. J'ai mal. Je pleure, je crie. Je tape. Souris bouillie. Souris charpie. Souris compote. J'appelle Souris. Penny, cherche Souris, cherche. Le plombier s'enfuit. J'en oublie sa carotide. Je suis avec Souris. Le reste n'existe pas. Je vide tous les placards. Je supplie. Souris, ma belle. Souris, pitié. Pardon. Pardon. Dernière bouteille de Destop. Maman disait Faut vraiment le vouloir pour avaler une bouteille de Destop. Ou alors il faut avoir tué Souris. Je dis à Penny Va dans la chambre, bébé. Mais Penny reste, elle pose son museau sur mon genou. Je fonds. Je deviens sol. Je répands mon eau sur le carrelage. Je murmure Souris, pardon Souris. Souris bouillie. Souris charpie. Souris compote. Penny blottie contre mon ventre. Vue sous la gazinière. Poussière. Souris bouillie. Souris charpie. Souris compote. Trois litres de Destop sur vingt grammes de Souris. Les poils, la peau, la chair, les os. Bouillasse de Souris. Les heures défilent au rythme des années. De l'éternité. J'ai tué Souris. J'ai tué l'innocence, ma famille. J'ai… Une petite masse dans la poussière. La petite masse bouge. La petite masse se rapproche. La petite masse a deux oreilles. Un museau de souris. Souris ? Souris, ma belle, ma reine. Souris dans la poussière. Souris sous la gazinière. Souris pas bouillie. Souris pas pelée mais avec des poils et une queue. Souris en vie. Croûte de fromage, vite, vite ! Pardon ma Souris. Plus jamais de Destop, c'est promis.

J'entends la voix de mon mari. Je jette les bouteilles de

Destop. Replace sa cafetière et sa tasse dans l'évier. Il m'embrasse, me demande C'est quoi ce bordel ? Je réponds Rien, je fais du tri. Il remarque sa tasse et sa cafetière sale dans l'évier. Je lui offre mon plus beau sourire et vais me doucher.

Quand je suis seule à la maison, je sors la carabine de sous le lit.

Je vais dans la salle de bains.

Je charge la carabine et je place son canon sous mon menton, ma main sur la détente.

J'attends.

Je sors de la salle de bains. Je range la carabine à sa place.

Je vais courir.

La bénévole du refuge me demande si je suis sûre. Elle pense que ce n'est pas une bonne idée. J'insiste. Elle me demande si notre jardin est grand. Je dis Oui, immense. Cochon sera heureux avec moi. Cochon a des tatouages. Il a été victime de délires artistiques. La bénévole me fait non de la tête. Cochon a une croix, un dragon, un dauphin, un phénix, Jésus, une banane, une tête de mort. Cochon n'a plus de dents. La bénévole m'explique que son propriétaire les lui a meulées pour l'empêcher de mordre. Là encore, elle fait non de la tête. Dans les élevages, ils leur coupent aussi la queue pour éviter qu'ils se blessent entre eux, ensuite ils les entassent dans des box, ensuite ils les tuent. Cochon n'est pas un cochon d'élevage. Cochon est un cochon nain. C'est ce que je vais dire à mon mari. Oui, je suis sûre de vouloir Cochon.

Cochon prend ses aises sur le canapé. C'est à ce moment que mon mari rentre de Paris. Cochon pèse soixante-dix kilos. La bénévole a dit que c'était un petit cochon. Mon mari referme la porte et s'en va. Cochon a faim, je dois nourrir Cochon. Ça mange quoi, un cochon sans dents ?

Mon mari ne rentre pas ce soir.

Je vais aux halles, je prends Cochon avec moi. Je lui demande ce qu'il veut pour son souper. Je remplis mon chariot de fruits et légumes. La marchande de légumes bio regarde son collègue d'en face, elle ouvre grands les yeux, hausse les épaules. Elle se croit discrète. Je lui présente Cochon. Quand je tourne le dos, j'entends leurs rires bêtes et méchants. Le poissonnier fait semblant de ne pas me voir. Des murmures devant et derrière. Je cache les yeux de Cochon devant les saucisses et les filets mignons. Le boucher bio me salue. Sa pitié suinte comme sa viande. Ça me déchire de partout. Plus d'air. Cochon grogne. Quelqu'un de la sécurité me demande de sortir, ce n'est pas un lieu pour les cochons. Pardon ? Mais si, mais si, des cochons il y en a partout ici. Regardez le cochon dessiné au-dessus de la boucherie. Regardez comme il a l'air heureux. Cochon m'implore de rentrer. Le plafond m'oppresse. Tout m'oppresse. J'ai mal au ventre. La nausée. Je veux le ciel. Je veux la forêt. Vite, Cochon. Vite.

Je dors par terre, Cochon et Vieux chat sur le lit. Penny contre moi, Lapin contre Penny. Tortue dans la baignoire. Souris quelque part. Mon mari à l'hôtel. Bébé-loup dans mon ventre.

Les journées passent. Mon mari ne rentre pas.

La femme qui ne touche plus son ventre sonne. Je ne bouge pas. Elle sonne une deuxième fois. Devant ma porte, une tarte aux pommes et un mot qui dit *S'il y a besoin de quoi que soit...* Elle a dessiné un cœur après les trois petits points. Je jette le mot, je donne le gâteau à Cochon. Il adore les pommes.

Sur mon portable, un message de mon père : « Tu féliciteras ton mari de ma part ». Puis les autres messages, le nom de mon mari sur internet, suivi du prix littéraire. La photo de mon mari. Il a l'air heureux.

Cochon a un petit estomac, il doit faire plusieurs repas par jour. Chacun son régime. Souris ne mange pas d'agrumes, de kiwis, de choux, d'avocats et de pommes de terre, le reste ça va. J'ai rempli la baignoire de salade, de feuilles et de fleurs pour Tortue et Lapin. Tortue a une passion pour la roquette. Penny a gardé sa gamelle, ses habitudes. Je cuisine pour elle et Vieux chat. Bébé-loup veut des fraises et des tomates cerises. Moi, je ne mange plus.

Mon mari ne rentre pas ce soir.

Le lendemain et le soir d'après non plus.

Il ne répond pas au téléphone. Il ne répond pas quand je crie son prénom dans l'oreiller.

Je dis Reviens, s'il te plaît, reviens. Je dis Je t'aime. Je dis Famille. Je dis Mourir.

Je ne dis plus rien.

Vieux chat fait ses besoins dans la litière. Cochon dans une litière plus grande. Penny dans la cour. Souris laisse des traces un peu partout. Comme Lapin. J'aspire avec Dyson. Le problème c'est Tortue. C'est mou et vert. J'emmène Tortue chez le vétérinaire. Il me dit que ce n'est pas normal, il me dit que les crottes de Tortue devraient ressembler à celles de Souris. Il lui prescrit un traitement. Cent euros. J'ai cent mille euros sur mon compte. Je paie et je rentre dans mon appartement rempli de poils et d'excréments.

Je suis riche, je suis sale, je suis épuisée.

Je donne cent mille euros à un refuge pour animaux.

Je suis pauvre, je suis sale, je suis épuisée.

Je ne tue plus.

Depuis que mon mari est parti, je ne tue plus.

Penny me gratte le dos. Elle dit que ce n'est pas grave. Elle dit que ce n'est pas ma faute. Elle dit qu'il va revenir. Elle dit Ce n'est pas toi qui es folle, c'est le monde qui est fou. C'est le monde qui se trompe. Elle dit qu'elle m'aime. Elle dit qu'elle ne me quittera jamais. Elle dit Tout ira bien. C'est promis, tout ira bien.

Quand je me retourne, Vieux chat a pissé sur l'oreiller.

Je me recroqueville, je passe sous le lit, je m'endors contre la carabine.

Je ne m'habille plus. Je rampe. Je grogne. Je me transforme. Je ne sors plus. Je commande des kilos de salade, de fruits et de légumes. Je ne parle plus. Je ne poignarde plus. Je disparais. Penny fait ma toilette. Je cours la nuit. Je me baigne dans l'eau qui pue. Cochon avec moi. Penny nous regarde. Je hurle comme le loup. Je rentre mouillée. Je gratte Cochon. Je lui demande s'il est heureux. Je lui demande de m'aimer. Je détruis mon portable. J'ai mal au ventre. Je caresse bébé-loup, son pelage est doux. Je vomis. J'ai mal au cœur. Là où mon mari ne revient pas.

Je m'éloigne un peu plus, je me rapproche de la Lune.

Perte de repère.
Perte de goût.
Perte de besoin.
Perte de mémoire.
Perte de liquide.
Perte de haine, d'amour.
Perte de corps.
Perte de force.
Perte de conscience.
Perte d'inconscience.
Perte de tout.

Je laisse mon corps sur le lit. Je m'en vais. J'en ai marre. Je m'en vais. Les animaux mangent. Ils font du bruit. Est-ce moi qui les nourris ?

Est-ce moi ?

Et puis par vagues, ça revient. Beaucoup d'enfance, beaucoup de souvenirs qui ne racontent rien. Je veux les perdre eux aussi. Les mots, la pensée, les envies, la colère. Je me rappelle la terrasse d'un bistrot, le serveur me dépose un verre de sancerre. Je lui demande des olives. Il me dit qu'il n'en a pas et m'apporte deux minutes plus tard un bol de pop-corn mous. Je m'en fous, j'ai mon ordinateur, je vis à Paris. J'entends le bruit des touches. Je crois que c'est pour toujours. Je crois au Goncourt, à la gloire, à l'amour. Tout est matière à écrire. C'est ce que dit l'éditeur. Utilise ta famille, tes viols, tes secrets, dissèque-les. Ne garde rien. Écris tout. Je bois une gorgée. Mon mari qui n'est pas encore mon mari me rejoint. J'éteins mon ordinateur. Demain, tout recommence. Demain est loin. Loin comme ce rêve que je ne me rappelle plus. Ma psy disait Écrivez vos rêves. Je ne rêve plus. Je pisse dans les draps. Tout ça pour ça. J'aurais mieux fait de sauter du pont. J'aurais mieux fait d'avaler les cachets, le Destop. M'enfoncer le couteau dans le cœur. Pour une mort digne, propre. La mienne pue l'urine, elle est tiède, elle est sale.

Je pense à laisser un mot. Des instructions. Par exemple : Découpez mon foie, faites-le saisir et déglacez avec du vinaigre de framboise. Mon ventre, prenez-en les filets, farcissez-les avec des champignons, ficelez-les et faites-les rôtir doucement. L'entrecôte à la poêle avec du beurre. Dépecez-moi et faites avec ma peau de beaux sacs à main, de belles chaussures. Ma cervelle, étudiez-la. Essayez de comprendre l'empathie, l'amour. Les restes, donnez-les aux fauves. Je suis un animal, traitez-moi comme tel. Juste un bout de chair. Si ça se trouve, j'ai bon goût. Si ça se trouve, je suis l'avenir, la promesse d'un ordre nouveau. L'espoir. Oui, c'est ça, l'espoir.

Depuis le départ de mon mari, j'ai creusé. J'ai creusé un peu plus chaque jour pour trouver l'endroit. Cet endroit en moi où l'amour n'existe pas. Où personne ne compte. Où je me fous de tout. Où je me laisse crever sans penser à ceux que j'abandonne. Où je suis caillou. Tout perdre pour ne plus rien avoir à perdre. Penny lèche mes joues, mais ça ne marche pas. Je suis trop loin, bébé. Dans l'endroit, on ne s'excuse pas, on ne parle pas. Dans l'endroit, on a de la fièvre. On ne distingue plus les couleurs. La peau est moite. La gorge est sèche. On meurt de soif. Il faut bien mourir de quelque chose. Combien de temps encore ? Allez, dépêche-toi.

Jusqu'à ce que la main caresse ma joue. Que la voix me murmure des choses et m'extraie de l'endroit. Je ne lutte pas, je flotte. C'est très doux. Aussi doux que le pelage de Penny. La baignoire se remplit. L'appartement se nettoie. Ma tête est redressée. L'eau descend dans ma gorge. Les mains me portent et me déposent dans la mousse. Le savon nettoie mon corps. La serviette me sèche. Le tee-shirt descend sur ma poitrine, la culotte monte sur mon sexe. Je ne lutte pas. Je laisse la lumière m'envahir. Je la laisse me montrer le visage de mon mari.

Et ça revient comme c'est parti, la vie.

Il a la main sur bébé-loup. Il me demande ce que je comptais faire.

Il dit qu'il m'aime. Il dit C'est comme ça, c'est plus fort que ce que je pensais. Il ne s'énerve pas. Il caresse la tête de Cochon. Il dit qu'il ne me comprend pas mais que tant pis. Il fera sans. Il fera sans comprendre. Il dit qu'on n'a pas besoin de tout comprendre. Il dit qu'il m'aime assez pour accepter. Qu'il m'aime assez pour devenir père, pour avoir un cochon tatoué, un écureuil sans queue, un rat aux yeux rouges, ce que je veux. Il dit qu'il m'aime assez pour ne plus aller voir ses parents, pour se moquer de son prix littéraire, pour ne plus manger d'entrecôte, pour laisser Penny aboyer, pour se raser la tête, pour mettre l'écriture de côté. Il dit qu'il n'a jamais aimé comme ça. Il dit C'est violent d'aimer comme ça. Il dit que c'est pour ça qu'il ne voulait pas tomber amoureux. Il dit qu'avant notre rencontre, c'était simple, il était seul, il était tranquille. Il dit qu'il a essayé d'imaginer sa vie sans moi, mais que sans moi ce n'est plus sa vie. Il dit qu'il ne veut plus lutter. Il dit Viens avec moi, et il me prend la main. Il dit Voilà c'est ici.

Le jardin est grand, la maison est vieille. Il dit qu'il faudra faire des travaux. Il dit qu'il faut se projeter. Il dit que j'aurai une baignoire sur pieds. Il dit qu'on aura une cave avec des centaines de bouteilles de vin. Il dit Regarde le magnolia. Il dit qu'ici je pourrai faire ce que je veux, créer mon refuge, avec des poules, un âne, sauver tous les animaux que je veux. Il dit qu'on sera heureux. Il dit Tous les trois. Il dit Tous les neuf. Il dit C'est chez nous, c'est fait, j'ai signé.

Je crois que c'est ça l'amour, le vrai. C'est acheter une maison avec un jardin pour Cochon et les autres. C'est dépenser tout son argent. C'est prendre des risques. C'est penser à l'autre avant de penser à soi. C'est souhaiter son bonheur plus fort que tout. C'est agir. C'est revenir. C'est renoncer à une partie de soi. C'est perdre sa liberté. C'est ne plus avoir de fierté. C'est accepter la folie. C'est accepter l'inacceptable.

Je m'allonge dans l'herbe. Je dis Allonge-toi à côté de moi.

Je quitte l'endroit où l'amour est absent. Où mon mari ne compte pas. Pas parce qu'il est devant moi, pas parce qu'il a acheté cette maison. Mais parce que ce qui existe est plus fort que ce qui n'existe pas.

Je prends la main de mon mari. Je prends sa bouche, son odeur. Je prends son sexe à l'intérieur du mien. Je prends son sperme. Je prends son soupir. Je prends tout.

Je regarde le ciel, et je ressens à nouveau la peur de perdre.

Il me demande pourquoi je ne veux plus aller aux halles. J'explique que pendant son absence je suis allée aux halles avec Cochon. Il ne me croit pas au début. Mais très vite sa façon de me regarder change. Il ne lâche pas ma main mais desserre ses doigts. Je lui raconte les rires méchants, la douleur dans mon ventre. Tu as dit que tu m'aimais assez pour ne pas comprendre, c'est le moment de me le prouver. Il m'embrasse et dit qu'ensemble on y arrivera.

Arriver à quoi ?

La dame ne ramasse pas la crotte de son teckel à poil long. Elle détourne le regard. Il y a un distributeur de sachets pour déjections canines à moins de deux mètres. La dame a les mains blanches et soignées. Elle marche et je la suis. J'ai à nouveau le couteau dans mon sac. Je ne me souviens pas de l'avoir mis là. Mon ventre s'est arrondi, je sens bébé-loup, ma maison avec un jardin rempli d'oiseaux, de mes animaux. Je sens l'amour de mon mari. Je n'ai pas mis le couteau dans le sac. Peut-être que quelqu'un d'autre l'a fait. Quelqu'un qui a pris le couteau dans le tiroir de la cuisine, l'a regardé, a caressé son manche, aiguisé sa lame, s'est souvenu de la sensation, a fait quelques mouvements dans le vide, a souri, n'a pas rangé le couteau à sa place dans le tiroir mais l'a mis dans mon sac, parce que ce quelqu'un a pensé que c'était là sa vraie place, auprès de moi.

Véro me dit Bonjour, ça fait un bail. La dame qui n'a pas ramassé la minuscule crotte de son teckel à poil long est entrée dans sa boutique. Elle choisit un bouquet de roses blanches et d'eucalyptus. Je m'excuse auprès de Véro, je repasserai plus tard. Elle a de beaux tournesols. C'est joyeux, les tournesols. La dame ressort avec ses roses et son chien. Ne surtout pas abîmer les fleurs. Ni le chien. Est-ce qu'elle le traite bien ? Est-ce que le non-ramassage de crotte a un lien avec la maltraitance ? La dame tourne à gauche dans une petite rue. Personne derrière moi. J'ai la main sur mon couteau. L'adrénaline comme avant. Elle s'arrête, cherche quelque chose dans son sac, sûrement ses clés. Ne pas penser à l'avenir. À mon mari. Au teckel. Penser présent. Crotte. SPA. Euthanasie. Couteau. Penser carotide. Pupilles dilatées. Penser liberté. La dame se baisse. Nuque dégagée. À trois mètres, à un mètre, derrière elle, juste derrière elle. Le teckel me fixe. Il m'implore de ne pas trancher la gorge de sa maîtresse. La dame lui caresse la tête, sort ses clés, une friandise. Un premier pas en arrière. Femme tuée pour une crotte de chien. Femme assassinée devant son teckel. Teckel orphelin. Teckel SPA. Teckel mort. Demi-tour. Je cours. Je jette le couteau dans une poubelle.

Véro, je voudrais dix tournesols. Merci Véro, à bientôt Véro.

Mon mari a acheté un chou-fleur. Je le coupe en fleurettes, les badigeonne d'huile d'olive, ajoute deux cuillères à café de curry, du sel, du poivre, je mélange. J'enfourne sur la plaque recouverte de papier sulfurisé, à deux cents degrés. J'attends. Je tremble. Mon mari met le couvert. Je tremble un peu plus. Des mains, des lèvres. Je regarde les tournesols, Penny, Cochon, je tente de visualiser la forêt, la main sur bébé-loup. Mais rien ne me calme, je tremble. Le four sonne. Je transvase dans un plat de service. Mon mari dit C'est délicieux. Je tremble. J'arrête de mâcher.

— Arriver à quoi ?

Il ne comprend pas.

— Tout à l'heure, tu as dit « ensemble on y arrivera ». Arriver à quoi ? À être heureux ? Mais si moi, je ne veux pas être heureuse ? Si la vérité ce n'est pas ça ? Si c'est autre chose ? Si le bonheur ne m'intéresse pas ? Si ce n'est pas moi devant toi, mais quelqu'un d'autre ? Qu'est-ce qu'on fait ?

Il pose la main sur mon épaule, prend une inspiration, expire. Mais non, je tremble encore. Je dis Je reviens, je sors prendre l'air. Je cours à la poubelle, en ressors le couteau, l'essuie avec un mouchoir, le range dans mon sac, à sa place. J'arrête de trembler.

Je tue comme j'écrivais. Avec mon cœur, mon ventre, pas ma tête.

Tu sembles perplexe. Tu dois te demander pourquoi je souris alors que je viens de t'égorger. Laisse-moi t'expliquer. C'est comme un gâteau au chocolat : si tu en prends une petite part, tu vas en prendre une deuxième, une troisième, et sans t'en rendre compte tu auras fini le gâteau. Parce que c'est trop bon. C'est la même chose ici. Sans le mal de ventre après, sans la culpabilité et avec un couteau plus grand. Je n'aurais pas dû commencer, je te l'accorde. Je n'aurais pas dû enfreindre la loi, tuer des gens, m'en foutre, recommencer. J'aurais dû sauter du pont. Certes. Tu ne serais pas en train de mourir. C'est vrai. Tu ne comprends pas pourquoi c'est tombé sur toi, c'est ça ?

Ce matin, j'ai décidé d'aller à la salle de sport. Bébé-loup avait besoin de se défouler. J'ai choisi le rameur, me suis installée. Et c'est à cet instant que j'ai fait ta connaissance. Je t'ai vu caché dans la partie musculation. Tu dégoulinais, tu matais, tu te masturbais tranquille. Je dois reconnaître que le postérieur que tu lorgnais était de toute beauté. À ta place, peut-être que moi aussi je me serais masturbée, mais sans ce regard. Non, je ne te parle pas de ce regard-là – là, tu es en train de crever. Mais de celui que tu avais sur ton banc de musculation. Ce regard de mâle libidineux. C'est dingue, vous avez tous le même, vous, les pervers. À croire que vous échangez vos yeux. Que vous êtes tous frères. J'imagine que quand tu portes ton beau costume, que tu prends le TGV pour Paris le matin, personne ne se doute. Peut-être même que tu as des enfants, une femme. Peut-être même que tu fais un joli métier, que tu es doué. Peut-être même qu'à certains endroits tu es quelqu'un de bien. Peu m'importe.

Tu me fais rire. Tu penses que c'est pour ça que je t'ai tranché la gorge. Mais tu te trompes. Je ne lave pas l'affront de la femme que tu violais à distance. Elle ne m'inspirait rien, aucune empathie. Et je te l'accorde, son legging turquoise lui allait à merveille. Donc non, ce n'est pas une histoire de vengeance. Enfin si. Mais pas celle que tu crois. Le résultat est le même : tu meurs. Mais si tu y tiens, si tu veux savoir, c'est avant tout une histoire de haine. Parce qu'elle est l'énergie qui circule en moi. Parce que quand tu as fini ton affaire, que tes semences visqueuses ont sali la machine, la coach de sport t'a surpris. Elle t'a demandé de te lever, de nettoyer la machine. Jusque-là, ta vie était sauve. Tu avais même rendu ma séance de rameur amusante. Alors, quoi ? Réfléchis. Vu la quantité de sang que tu as perdue, tes idées ne doivent plus être très claires. Laisse-moi t'aider. La coach t'a traité de sale porc. C'est elle qui t'a condamné. Elle a fait disparaître mon sourire. Parce que les femmes, la société appellent les hommes comme toi des porcs, elles associent ton visage à celui des cochons. Tu participes au massacre des cochons en toute impunité. La voilà ma vengeance, ma fureur. J'ai pensé à Cochon. À sa façon adorable de grogner quand je lui gratte le ventre. J'ai ressenti tout cet amour. Ça s'est mélangé à ma haine. J'ai pensé à tous les cochons que tu as tués. J'ai imaginé ton sperme sur la peau rose de Cochon. J'ai vu les abattoirs. La peau qui après l'abattage devient de la couenne. J'ai senti l'odeur des cochons brûlés. J'ai entendu leurs cris. Le sol de la salle de sport était recouvert de leur sang, de leurs tripes. Je t'ai vu en manger. L'image de trop. Alors plutôt que de vomir sur mon rameur, j'ai préféré te suivre, te surprendre et te saigner comme à l'abattoir.

Je dois tout de même te remercier. J'étais un peu perdue avant notre rencontre. Je ne savais plus ce que je devais faire, comment combiner mon mari, bébé-loup et la future maison avec mes aspirations. J'étais prête à ranger mon couteau, du moins je croyais l'être.

Grâce à toi, la situation est redevenue limpide.

Je vais essuyer mon couteau, le mettre dans mon sac de sport, enjamber ton corps et je vais aller faire mon marché. On est mercredi. Oui, tu meurs un mercredi. Je vais ensuite ranger les courses dans le frigo et aller promener Penny. Il fait beau, tu as remarqué ? Tu as de la chance de mourir sous le soleil, de sentir une dernière fois les rayons sur ta peau. Même si, au vu de la quantité de sang que tu as perdue, je pense que tu ne sens pas grand-chose. Une fois rentrée, Penny lavée, les animaux nourris, je vais embrasser mon mari. Depuis son retour, on s'aime fort, peut-être même plus fort qu'avant. Lui, il n'a jamais ce regard. D'ailleurs, te tuer me fait l'aimer encore plus. C'est drôle, tu ne trouves pas ? Non, tu ne trouves plus grand-chose.

Une dernière petite précision : sache que je ne t'ai pas accompagné jusqu'à ton dernier soupir par compassion, je n'en ai aucune envers les hommes. Mais parce que j'avais besoin de faire un point sur la situation, une sorte de *reset*. Tu devais souvent employer ce mot, tu as une tête à bosser dans l'informatique. Et puis parce que la cordonnière ouvre à dix heures, que j'ai des chaussures à faire ressemeler, que j'avais cinq minutes à tuer. Tu remarques le jeu de mots ? Non, tu ne remarques plus rien.

Tu es mort. Ça y est.

Dix heures sonnent. Timing parfait.

Mon mari me demande si je suis allée voir un médecin. J'ai pensé à m'enfoncer un couteau dans le ventre. J'ai pensé à m'enfuir. J'ai pensé au prochain animal que j'allais adopter. À chaque coup de couteau, un animal sauvé. C'est en comptant que j'ai fait le lien. C'est comme dans mes livres, j'écrivais le cancer et je comprenais plus tard qu'il s'agissait de celui de ma mère. J'écrivais le viol sans penser au mien. Ça venait toujours après. Six corps. Je ne sais pas si c'est beaucoup, six. C'est le nombre d'œufs que je casse pour une omelette. À partir de combien on parle de tueuse en série ? À partir de quand on devient une criminelle ? J'ai aussi pensé aux légumes que j'allais cuisiner. Je n'ai pas encore tranché entre la courgette et le brocoli. Rien à voir, je sais. L'une fait partie de la famille des courges, l'autre de celle des choux. L'un sera cuit à la vapeur, l'autre au four. Les deux sont verts. Sauf si je trouve des courgettes jaunes.

Je pense beaucoup, mais le médecin, lui, je n'y pense pas. Lui, je n'en veux pas.

Parce qu'il me dira de prendre soin de moi, de ne pas

boire, alors que bébé-loup adore le vin nature. Il me dira de me reposer. Il me prescrira des vitamines. Il me conseillera et me déconseillera. Il dira Il faut. Il dira Il ne faut pas. Il me pèsera. Il prendra ma tension. Il me montrera le visage de bébé-loup sur son écran, il me fera écouter sa voix, celle de son cœur. Il me dira si tout va bien ou pas. Si bébé-loup a tous ses organes ou s'il en manque. Il parlera des risques. Il décidera si oui ou non bébé-loup est viable. Viable, ça veut dire apte à vivre, ça veut dire qui peut vieillir, détruire, souffrir, aimer, mourir. Mais si moi je m'en fous, de la viabilité ? Si l'aptitude à la vie, je ne l'ai pas ? Si je préfère accoucher d'un chien, d'un loup, d'un monstre, plutôt que d'un homme ?

Le docteur ne parlera pas de bébé-loup, il parlera d'un bébé. Il dira Parents, mère, père. Il dira Sexe masculin ou féminin. Il abordera le planning, les étapes, il calculera la date de l'accouchement. Il me demandera comment j'envisage les choses. À l'hôpital ou à la maison ? Avec la douleur ou avec la piqûre ? Je ne pourrai pas répondre. Je n'envisagerai pas. Pas bébé-loup sortir de mon corps. Pas bébé-loup prendre forme humaine. Pas devenir sa mère, pas limiter le couteau aux légumes, pas la fin de ma liberté. Pas la loi, la norme, l'école, l'avenir, l'argent, les histoires pour l'endormir, le verre de vin seulement quand il sera couché, pas avant.

Le docteur ne me donnera pas la date de l'accouchement mais celle à laquelle ma vie arrêtera d'être ma vie. Et ce sera une bonne chose, un événement heureux. Et je devrai me réjouir. Laisser repousser mes cheveux. Arrêter les

BodyMachin. Faire de mon beau-père un grand-père comblé. M'efforcer de tout oublier. Le sang. L'énergie qu'il me procure. Je dois oublier tout ça. Le rien à foutre, le rien à perdre. Une maman ne tue pas les gens. Elle ne tue pas les autres mamans, les autres papas. Une maman se préoccupe. Une maman s'inquiète. Une maman anticipe. Une maman protège. Une maman d'homme, ce n'est pas mordiller des oreilles, poignarder des inconnus. Une maman d'homme fait passer le bien-être de son enfant avant celui des animaux. Une maman d'homme sauvera son enfant plutôt que son chien.

Je ne suis pas une maman d'homme. Je ne ferai pas semblant de l'être.

Je ne veux pas de fille ou de garçon, je veux bébé-loup et son petit museau. Et si le réel l'emporte, si c'est un homme qui sort de mon ventre, j'irai l'échanger dans la forêt.

Donc non, je ne suis pas encore allée voir de médecin. Mon mari me sourit. Il me dit ce n'est pas grave, on ira ensemble, tout se passera bien.

Je choisis le brocoli.

« Rdv à seize heures à la clinique, n'oublie pas mon amour. »

C'est terrible comme heure, seize heures. Seize heures, c'est bien quand tu sors de l'école et que tu penses au Nesquik devant la télé. C'est une heure de l'enfance. Après, ça devient traître. Après, c'est l'entre-deux. C'est l'ennui. C'est trop tôt ou trop tard. C'est insupportable.

Je n'irai pas à la clinique à seize heures.

Je ne voulais pas y aller, de toute façon. Mais j'ai cédé, j'ai dit Débrouille-toi. Il a appelé un ami dont la femme est gynécologue et on a eu un rendez-vous le lendemain. L'ami a dit Félicitations. Ça me dégoûte.

Il pleut sur mon banc. Je regarde un couple de canards glisser sur l'eau. Tout le monde préfère le mâle avec sa tête verte, moi c'est la femelle qui me plaît. Elle m'émeut. Une cane, ce serait bien à la maison.

Quand j'étais petite, il y avait ce film avec un petit garçon et une oie. Ils devenaient amis. Ils s'aimaient fort. À la fin, le petit garçon étouffait l'oie sous son oreiller en chantant Tout va très bien, tout va très bien, nous sommes heureux, nous sommes heureux. Ça m'a marquée. J'ai essayé de le retrouver. J'ai tapé : film, oie et petit garçon, petit garçon tue l'oie. J'ai tapé les paroles de la chanson. Je ne l'ai jamais retrouvé. C'est peut-être ce film qui a tout fait péter dans mes neurones. J'étais en vacances chez papi et mamie. Mamie a dit Regarde ça, c'est avec un petit garçon et une oie, ça a l'air beau. Je n'ai pas pleuré devant la scène de l'oreiller. J'avais envie de buter le petit garçon. De prendre sa tête dans l'écran, de la serrer fort, de l'écraser entre mes mains.

J'aimerais bien un renard. Avec Penny, ils formeraient un beau couple, comme les canards. J'aimerais bien un rat. J'aimerais bien un oiseau. Pourquoi pas une oie ? Peut-être que ça conjurerait le sort du film. Que je jetterais mon couteau et que je me mettrais à la pâtisserie.

Il arrête de pleuvoir, des gens vont débarquer, vont passer devant mon banc.

J'ai pris mon couteau, au cas où.

Un vieux punk à chien, à mi-chemin entre un cadavre et Keith Richards, me demande de l'argent. Je n'ai pas un centime. Il marmonne un truc qui ressemble à Connasse. La haine, c'est comme tout, ça se respecte. Ça demande un minimum de reconnaissance. Je le laisse m'insulter. Je lui dis qu'en revanche j'ai des friandises pour son chien. Keith marmonne un autre truc. Je sors les friandises de mon sac. Le chien s'approche, timide. Il a les yeux vairons. Et là,

Keith lui balance un coup de pied dans le ventre. Puis un deuxième, un troisième.

La haine peut aussi avoir cet effet-là.

Je sors le couteau du sac.

Il n'a pas le même profil que les autres. Les autres étaient juste pathétiques, juste mauvais, agaçants, médiocres, laids. Les autres étaient de dos, de côté. Ils ne s'y attendaient pas. Ils ne se sont pas débattus. Les autres, c'était facile. Sans trop de bruit, avec beaucoup de sang. Les autres étaient dans la norme, dans la loi. Ils avaient une famille, une santé, une fonction. Disaient bonjour et au revoir. Les autres, j'ai vu l'incompréhension et la peur dans leurs yeux. Les autres, je m'en foutais.

L'homme que je m'apprête à tuer est déjà à moitié mort. Sa colère a tout brûlé à l'intérieur. Je vais poignarder des cendres.

Les cendres, ça ne se poignarde pas. Ça s'envole.

Je suis à terre, je perds du sang par le ventre. Je pense à la chanson et à l'oie qui étouffe. C'est insupportable. Keith s'enfuit, son chien reste. La chanson continue dans ma tête, j'aurais préféré mourir sur du rock. Je pose la main sur mon ventre, sur bébé-loup. À quatre mois et demi, il a la taille d'une patate douce.

Au moins, j'aurai une excuse pour avoir loupé le rendez-vous.

— Comment va le chien ?

Mon mari a les yeux rouges, les cheveux gras. Il sent la cigarette, le café, l'absence de sommeil, il sent mauvais. L'amour peut avoir cette odeur. Il s'assoit sur mon lit qui n'est pas mon lit, qui comme tous les lits d'hôpital est trop petit. Il embrasse mes chevilles couvertes par le drap. Il ne comprend pas ma question. Alors je répète. J'explique le punk à chien et le chien. J'explique la couleur de ses yeux. J'explique qu'il est resté quand son maître a pris la fuite, qu'il a léché ma joue. J'avais promis à Penny : pas de chien. Je dois revenir sur ma promesse. Mon mari ne réagit pas, ça veut dire OK pour le chien. Même si ce n'est pas ma question. Ma question n'a toujours pas de réponse.

— Comment va le chien ?

De la fatigue, du relâchement, de l'incompréhension sur le visage de mon mari. M'en fous, je veux savoir. J'ai failli crever, j'ai droit à ma réponse. Il m'assure qu'il ira se renseigner.

— Quand ?

Il me dit Dans cinq minutes. Il regarde mon ventre. Il me dit Il va bien, c'est un miracle.

C'est moche les miracles. C'est moche dans sa bouche. Il faut être faible, il faut être désespéré, il faut être stupide pour croire aux miracles. Bébé-loup n'est pas mort dans mon ventre. Ce n'est pas un miracle. Rien à voir avec le divin, rien d'extraordinaire. Juste une lame qui se plante à côté. Un mec haineux et ivre qui a pris mon couteau et m'a poignardée avec. J'ai voulu le tuer. Il n'a pas apprécié. Moi, ce que je vois, c'est de la logique. C'est un manque de talent. C'est un chien quelque part. Une chambre d'hôpital avec un mari qui pue. Mon couteau s'est envolé. C'est la fin de quelque chose.

Je suis lucide. Je ne vais pas faire semblant. Jouer à celle qui ne comprend pas. Je tranche des gorges parce que ça me fait du bien, ça me soulage. Parce que c'est puissant. Que j'y trouve une certaine justice. C'était ça ou le suicide. Parce que j'avais un super couteau. Si on était sur une île déserte, s'il n'y avait pas toutes ces lois, tous ces gens au-dessus de nous, ça ne poserait aucun problème. Mais tout ça existe et tout ça pose problème. J'ai failli mourir. Mon couteau ne reviendra pas. Bébé-loup va continuer son chemin dans mon ventre. Mon mari m'aime et je l'aime même quand il a cette haleine. Bientôt, nous emménagerons dans une maison avec un jardin, des arbres dans lesquels j'accrocherai des guirlandes. Il va falloir trouver une nouvelle façon de survivre.

Mon diagnostic de départ n'était pas le bon. Je pensais que ce serait la haine qui me tuerait. Que je deviendrais folle. Que mes organes lâcheraient un à un. J'ai compris que non. La haine ne tue pas. C'est l'amour. C'est l'amour et la peur. Ce n'est pas le couteau. Ce n'est pas la folie. C'est l'amour et la peur. J'ai eu peur pour le chien. Donc le seul qui aurait pu me tuer dans cette histoire, c'est le chien. C'est mon mari. C'est Penny, Cochon et les autres. C'est bébé-loup. Si je meurs, ce sera parce que je les aime. Bon, si un camion me roule dessus, ça chamboule un peu ma logique. Mais je ne suis pas logique. Et le camion, bah, j'y peux rien.

Je rentre. J'ai des pansements sur le ventre. Penny lèche. La douleur m'empêche de courir. Je marche. Je lance la balle. Je caresse. Je prends des cachets pour ne pas crier. Je prends des douches. Je vais dans la maison. J'arrache les mauvaises herbes. Mon mari cuisine pour moi. Je commence à remplir des cartons. Je retrouve le chien à la fourrière. Je lui mets un collier, je l'appelle Jeff, comme le vieux dans mon premier livre. Penny grogne dès qu'il l'approche. Je la rassure, elle se calme, elle l'ignore. Mon mari me fait des cunnilingus. Ensuite, il se branle à côté de moi. J'appelle ma mère. Je dis Salut maman, comment tu vas ? Je ne raconte rien. Je raccroche. Je rappelle le lendemain. Je lis un livre sur une fille qui bosse chez McDo et qui ne va pas très bien. Mon mari commence l'écriture d'un nouveau roman. La fumée de sa cigarette passe sous les portes. J'imagine un feu. J'imagine la maison brûler avec ma famille dedans. J'imagine des fantômes. J'imagine une bombe détruire Paris. J'imagine une armée de cochons, de vaches, de moutons, de renards, de rats. Je les vois comme je vois les pommes briller sur les étals du marché. J'imagine les baleines écraser les bateaux. Les dauphins foncer sur les pêcheurs. Des tsunamis, des tremblements de terre. Et je marche. Je dis à Penny de ne pas s'inquiéter, que je ne laisserai personne lui faire du mal. Et je continue de marcher.

J'anticipe. Je dis On va faire ça comme ça. On va louer un camion chez Leclerc pour le déménagement. On va remplacer le persil par de la coriandre. On va peindre les murs de notre chambre en bleu. On va construire une cabane pour les oiseaux. On va partir en vacances à Belle-Île. On prendra les animaux. On aimera et on restera. J'irai courir sur la plage avec Penny et Jeff. J'irai acheter des coquillages. Moins de six mille habitants. Ce sera bien. Plus besoin de trancher des carotides. J'accoucherai sur le sable. Mon mari verra un bébé-homme, moi un bébé-loup. Je le nettoierai avec ma langue. Après, on ira se baigner. Le sel de la mer, ça fait cicatriser. Je ne retournerai pas sur le continent. Ma haine ira se baigner, elle aussi. Juste la nature. Nous dans la nature. Moins d'obscurité. Le chant des oiseaux. De la citronnelle pour éloigner les moustiques. J'aurai une boîte vide avec le fantôme du lapin vert dedans. Tous les matins, j'irai lui montrer la mer. Mon mari aura un bureau avec une grande fenêtre, il pourra l'ouvrir et fumer. Et ses cheveux friseront avec l'air marin. Et il me dira qu'il est heureux sans jamais me demander si moi aussi. On vieillira comme ça, dans l'eau salée, avec des fleurs violettes sous nos pieds. Et peut-être qu'à la fin j'irai marcher loin dans la mer. Et peut-être qu'à la fin le monstre s'en ira dans les profondeurs, là où les autres monstres. Là où toute la noirceur repose en paix.

Voilà mon plan.

Le trou dans la poitrine de mon mari ne fait pas partie de mon plan. Le sang qui sort du trou. Mes mains qui tentent de boucher le trou. Le trou trop grand. Trop profond. Le trou qui emporte les yeux de mon mari. Les yeux en premier. Les yeux marron et les longs cils. Le regard intelligent. Le regard de mon amoureux. Sa main ne serre plus la mienne. Sa main d'écrivain. Sa main sur ma joue. Sa main qui m'ébouriffe les cheveux et qui se faufile dans la mienne. Et la chaleur de sa peau. Sa peau qui transpire la nuit. Sa peau qui appelle ma peau. Sa peau sur laquelle les grains de beauté – celui sur son cou m'inquiète. Sa bouche se relâche. Sa bouche ne m'embrasse plus, ne sourit plus. Sa bouche dont j'aime mordre la lèvre supérieure. Sa bouche et sa voix. Elle emporte les Je t'aime. Tu veux un café ? C'est quoi ton programme aujourd'hui ?

Mon programme, c'est de partir vivre avec toi à la mer. Mon programme, c'est nous. Pas toi qui trouves la carabine de ton père sous le lit. Pas moi qui tente de te la reprendre des mains. Pas la carabine chargée. Pas la détonation. Pas la peur sur ton visage. Pas ton corps qui s'effondre. Pas ton sang. Pas ta tête sur mes genoux. Pas mes larmes qui tombent sur tes larmes.

Pas ta mort. Pas ta mort, mon amour. Pas ta mort. Non, tout sauf ta mort.

Je quitte tout, j'arrête tout, je dis tout, je me tiens sage, je retourne m'asseoir sur la chaise et je regarde par la fenêtre, je te laisse écrire, je te laisse être heureux, je te laisse m'aimer comme tu veux, je te laisse dormir le matin. Mon amour, je mets du sang sur ton visage. Pardon. Mon amour, pardonne-moi. Dis-moi que tu me pardonnes. Mon amour, tu ne dis plus rien. Et je sais que tu ne diras plus jamais rien. Je sais que c'est fini. Que tu es mort. Alors on s'en fout que tu me pardonnes. On s'en fout de tout.

Robert Smith chante dans le salon. Tu meurs avec The Cure. Tu meurs la tête sur mes genoux. Tu meurs dans notre chambre.

Tu as du chocolat au coin des lèvres. Je t'essuie la bouche. Voilà, comme ça.

Maman,

Quand tu ouvriras cette lettre, tout sera terminé.

Maman, on dira des choses sur moi. Et les choses seront vraies. Mais la vérité, ce ne sera pas les choses. La vérité, je l'ai cherchée. Je l'ai beaucoup cherchée et je crois m'être trompée. Ne culpabilise pas, maman. Ne cherche pas à comprendre. Il n'y a rien à comprendre. J'ai aimé ce dernier moment avec toi. J'ai aimé rencontrer ton amie. Elle a l'air chouette. Vous devriez vous voir plus souvent. Le jeudi, ce n'est pas assez. Maman, je t'ai menti, il n'y aura pas de prochaine fois. Pardonne-moi. C'était plus facile de vous dire au revoir comme ça. Maman, comme tu l'as sûrement compris, je ne reviendrai pas de mon voyage. Quand tu ouvriras cette lettre, tu auras déjà été avertie. Je serai loin. Ne pleure pas, maman. Réponds à papa et excuse-moi auprès de lui. Prends soin des animaux. Tu vas les garder plus longtemps que prévu. Surtout, dis à Penny que je l'aime. Ou non, dis-lui que tu l'aimes. Elle me manque déjà. C'est terrible d'aimer aussi fort. C'est terrible d'aimer. Là où je vais, plus rien ne me manquera. On ne va pas se mentir, là où je vais n'existe pas. Et c'est très bien comme ça. Je me souviens de ta main sur mon crâne moite, après un cauchemar. C'était doux. Aujourd'hui, je n'ai plus peur. Tout n'est pas foutu. La vie peut être belle. Il te suffit de sortir de la maison, de t'asseoir et de regarder le ciel. Il te suffit de regarder Penny, Jeff, Cochon, Lapin, Souris, Tortue, Vieux chat. Et tous les autres. C'est eux qui nous sauvent. Je sais qu'ils seront heureux avec toi. C'est tout ce qui m'importe.

Je me libère, maman. Merci pour tout.

Je t'aime.

Ta fille qui ne sera plus jamais triste.

Je me prépare un verre de grenadine et une boîte de cachets.

Je retourne m'allonger auprès de mon mari.

Le sang commence à sécher sur le parquet.

J'entends la femme qui ne touche plus son ventre parler à son homme au téléphone. Elle demande si leur fils s'est endormi. Elle dit Super. Elle va prendre un bain. Elle dit Embrasse tes parents. Elle dit Je t'aime.

J'embrasse les lèvres de mon mari. Je dis À tout à l'heure, mon amour, promis, je fais vite. Je bois la grenadine sans les cachets. Je prends la carabine, les chargeurs, les munitions. Je descends au deuxième étage. J'explose la porte. Son salon ressemble à l'intérieur d'un catalogue AM.PM. Je vais dans la salle de bains, le même carrelage que dans la mienne. J'explose sa tête. J'explose son ventre aussi. L'eau continue de couler sur son corps, de se mélanger au sang. Elle avait mis du bain moussant à la vanille. La mousse rougit. Ça sent bon.

Je mets la carabine dans le chariot rose. Je vais faire mes courses aux halles. Je salue Véro, la fleuriste. Je prends le raccourci par le petit parc. Les pâquerettes recouvrent les crottes de chien. Il ne fait pas encore trop chaud. L'odeur est supportable. Nous sommes jeudi, il n'y a pas marché le jeudi. Il y a cours de BodyCombat.

La première boucherie se trouve à côté de l'entrée principale, celle avec le cochon joyeux. Je tire sur le chef. Sa cervelle se répand sur le mur, sur les chipolatas, sur les keftas, sur les rillons, sur les filets mignons. Les cris, la panique. C'est l'effet carabine, beaucoup plus impressionnant que le couteau. Gardez votre calme. Tout va bien se passer. Sauf pour toi. Et toi, et toi. Et toi, tu crois que je ne te vois pas ramper ? Redresse-toi. Vingt-deux euros le kilo de joue de bœuf. Combien de vaches abattues pour vingt-deux euros ? Il panique. Hein ? Tu ne sais pas ? Je vise la joue, c'est tout le visage qui part.

Un coquelicot sort du carrelage.

Il y a deux boucheries, un volailler, la poissonnerie principale, un traiteur asiatique, deux primeurs dans l'allée du milieu. La boucherie bio, la marchande de légumes bio, un fromager, un traiteur italien dans celle de droite. Un autre traiteur italien, un marchand d'épices, un volailler spécialisé dans le foie gras, un poissonnier, une boulangerie dans celle de gauche. Je me plante au milieu. Je dis Pas bouger. Je dis Si vous essayez de sortir, vous mourrez, si vous restez, on verra. Je m'adresse à Monsieur Sécurité, Alors, c'est pas un endroit pour les cochons ici ? Il n'a pas le temps de me répondre. Je prie la marchande de légumes bio d'arrêter de rire bête et méchant là-haut. Elle m'implore. Je dis Là-haut ça n'existe pas, idiote, et je l'abats. Quelqu'un se porte volontaire pour fermer les portes ? Personne ? J'attrape une gamine par les tresses. Le vendeur du traiteur asiatique se redresse timidement. S'il m'obéit, il ne lui arrivera rien. S'il ne m'obéit pas, je le tue et je tue la petite. La mère de la gamine crie de quelque part. Il s'empresse d'appuyer sur le bouton rouge qui descend les grilles et verrouille les portes automatiques. Je le félicite pour son courage ainsi que pour ses rouleaux de printemps, même si je le trouve un peu radin avec la sauce pour nems. Je relâche les nattes de la gamine. Je dis Va rejoindre ta maman et prends les framboises avec toi.

Nouveau chargeur. Mon copain poissonnier rase les murs. Je lui demande si je suis toujours sa cliente préférée. Je lui demande ce que ça fait de tuer des dauphins. Il dit qu'il n'a jamais tué de dauphins. Je lui explique qu'à cause de la pêche des milliers de dauphins meurent chaque année. Il pleure. Je tire et il arrête de pleurer. J'entends un petit cri sous l'étalage de poissons morts. Je réarme. Je dis Bonjour madame. Son sac en plastique bouge. J'aimerais comprendre pourquoi. J'aimerais qu'elle l'ouvre. Je découvre un homard. Je dis Tout va bien se passer, mon beau. Je prie la dame de bien vouloir remettre le homard dans l'aquarium avec ses copains. Le homard reprend son souffle. À présent, je souhaite savoir si madame aimerait qu'on l'ébouillante vivante. Elle répond non. Voilà, merci. Je lève la tête vers le plafond et je regarde les poissons nager dans le ciel.

Et toi, petit boucher bio. Ah, tu croyais qu'on était copains, c'est ça ? Si on est copains, j'ai un petit jeu de devinettes à te proposer. Partant ? Je commence avec une facile : Selon toi, la mort bio existe ou n'existe pas ? Il réfléchit quelques secondes, je pointe mon fusil sur sa tête. Il répond, et c'est une bonne réponse, bravo ! En effet, la mort bio n'existe pas. Par exemple si je te tue là, ce ne sera pas bio, même avec le logo et tout. Non, ce sera juste ta cervelle en charpie. Bon, je continue. À ton avis est-ce que la vache bio préfère brouter de l'herbe bio et se faire trancher la gorge ou vivre et brouter de l'herbe pas bio ? Il murmure. Plus fort, je n'ai pas entendu. Bonne réponse, excellent. Et la brebis bio choisira de garder son agneau auprès d'elle ou de le regarder partir à l'abattoir ? Il reprend espoir. C'est très bien ! Quant au cochon bio, est-ce qu'il aime se faire gratter le ventre ou se faire ouvrir le ventre ? Non, attends, j'en ai une meilleure. Le cochon a le QI d'un enfant de trois ans, de cinq ans ou de huit ans ? Il me supplie. Oui, je sais, tu voulais faire le marathon de New York, mais on ne fait pas toujours ce qu'on veut dans la vie. Demande à tes entrecôtes. Il parle de sa femme, de ses deux enfants. L'entrecôte aussi avait des enfants. J'appuie sur la détente. La réponse, c'était cinq ans.

Deux vaches se tiennent devant moi, l'une d'elles allaite son veau. L'autre vient lécher ma main. J'aimerais rester mais le volailler m'implore de l'épargner. Derrière lui, les corps de ses collègues au milieu des cuisses de poulet et des sot-l'y-laisse. Tu veux que je t'épargne ? Je veux que tu attrapes ce lapin dépecé. Là, juste là. Je veux que tu mordes dedans. Je veux que tu mâches, je veux que tu avales. Tu regrettes de ne pas avoir enlevé les yeux, j'en suis sûre. Je veux que tu sentes l'animal glisser dans ta gorge, remplir ton ventre. Je veux que chaque fois que tu penseras à manger de la viande tu aies à nouveau ce goût de lapin dans la bouche. Tu veux toujours que je t'épargne ? Allez, mange, dépêche-toi. Il attrape le lapin, le porte à ses lèvres mais n'ouvre pas la bouche. Je me rapproche, pose le canon de la carabine sur son front et je tire.

Les coquelicots ont recouvert le sol. Le fantôme du lapin vert saute dans l'herbe. J'entends battre le cœur des animaux. Dans mon ventre, celui de bébé-loup. J'emprunte le couteau du volailler. Il y a écrit Patrick sur le manche. Je monte sur la table, celle où ils découpent la viande. Les allées sont dégagées. Je n'avais jamais vu les halles avec si peu de monde. On dirait une peinture avec toutes ces couleurs. Je me souviens d'un voyage scolaire à Paris. On avait pris le train avec ma classe de CM2, ma mère m'avait préparé un sandwich avec du beurre et des cornichons. Je me souviens de la visite du musée d'Orsay, de la toile géante avec les cadavres de chevaux et d'hommes, ça paraissait surréel. J'ai la même impression. Je me demande comment j'aurais écrit cette scène. Des phrases courtes. Un rythme saccadé. Pour faire ressentir. Toujours ressentir. Les lecteurs auraient adoré. Je me demande si quelqu'un d'autre écrira mon histoire. Je me demande si l'on se souviendra de moi. Les souvenirs font souffrir. Je veux que Penny m'oublie.

Je me demande si ça va faire mal.

La porte principale explose.

Je suis au bout du chemin de terre battue, je pénètre dans la forêt. Les loups, les renards, les oiseaux, tous s'ébattent autour de moi. Mon mari m'attend à la maison, ça sent bon le café. Je lui verse sa goutte de lait. Il a la trace de l'oreiller sur la joue. Penny montre le ventre, elle attend ses gratouilles. Tout va bien, bébé. Maman est là. Ma main cherche. Elle trouve bébé-loup et son petit museau. J'aurais aimé lui mordre les oreilles. Puis ma carotide. Ça pulse sous mes doigts. C'est plus fort qu'écrire. Je rapproche le couteau de ma gorge.

Tout va bien, bébé. Voilà, c'est terminé.

REMERCIEMENTS

Sans certaines personnes, ce roman ne serait pas entre vos mains aujourd'hui. Je veux les remercier.

Merci à Erwan, mon amoureux, mon premier lecteur, mon épaule.

Merci à mon éditeur, qui y a cru, qui n'a pas eu peur de cette folie.

Merci à Brigitte, ma libraire, lectrice et amie pour son regard et son écoute.

Merci à Babeth pour son soutien tout au long de cette année et ses encouragements au moment où je n'y croyais plus.

Merci à la bande du Dame Jeanne d'avoir mis de la joie dans les périodes de doute et d'attente.

Merci à Joffrine pour sa générosité.

Merci à Jacques et à sa passion pour les anagrammes.

Merci à Leïla de m'avoir défendue et si bien conseillée.

Merci à toutes les associations de défense des animaux, L214 et tant d'autres, de m'avoir ouvert les yeux.

Composition : IGS-CP à L'Isle-d'Espagnac (16)
Achevé d'imprimer
par CPI Firmin-Didot
à Mesnil-sur-l'Estrée, en mars 2025
Dépôt légal : mars 2025
Numéro d'imprimeur : 183436

ISBN : 978-2-07-307034-0/Imprimé en France

632665